共和国故事

腾 空 万 里

——中国中远程"长征-1"号火箭发射成功

马 夫 编写

吉林出版集团股份有限公司

图书在版编目（CIP）数据

腾空万里：中国中远程"长征－1"号火箭发射成功/马夫编. ——
长春：吉林出版集团股份有限公司，2009.12

（共和国故事）

ISBN 978-7-5463-1768-7

Ⅰ．①腾… Ⅱ．①马… Ⅲ．①纪实文学－中国－当代 Ⅳ．①I25

中国版本图书馆 CIP 数据核字（2009）第 237705 号

腾空万里——中国中远程"长征－1"号火箭发射成功

TENGKONG WANLI　ZHONGGUO ZHONGYUANCHENG "CHANGZHENG－1" HAO HUOJIAN FASHE CHENGGONG

编写　马夫

责任编辑　祖航　李娇　关锡汉

出版发行　吉林出版集团股份有限公司

印刷　三河市嵩川印刷有限公司

版次　2010 年 1 月第 1 版　　　　2022 年 1 月第 13 次印刷

开本　710mm×1000mm　1/16　　印张　8　字数　69 千

书号　ISBN 978-7-5463-1768-7　　定价　29.80 元

社址　吉林省长春市福祉大路 5788 号

电话　0431－81629968

电子邮箱　tuzi8818@126.com

前　言

　　自 1949 年 10 月 1 日中华人民共和国成立至今,新中国已走过了 60 年的风雨历程。历史是一面镜子,我们可以从多视角、多侧面对其进行解读。然而有一点是可以肯定的,那就是,半个多世纪以来,在中国共产党的领导下,中国的政治、经济、军事、外交、文化、教育、科技、社会、民生等领域,都发生了深刻的变化,中国人民站起来了,中华民族已屹立于世界民族之林。

　　60 年是短暂的,但这 60 年带给中国的却是极不平凡的。60 年的神州大地经历了沧桑巨变。从开国大典到 60 年国庆盛典,从经济战线上的三大战役到经济总量居世界第三位,从对农业、手工业、资本主义工商业的三大改造到社会主义市场经济体制的基本确立,从宜将剩勇追穷寇到建立了强大的国防军,从废除一切不平等条约到独立自主的和平外交政策,从"双百"方针到体制改革后的文化事业欣欣向荣,从扫除文盲到实施科教兴国战略建设新型国家,从翻身解放到实现小康社会,凡此种种,中国人民在每个领域无不留下发展的足迹,写就不朽的诗篇。

　　60 年的时间在历史的长河中可谓沧海一粟。其间究竟发生了些什么,怎样发生的,过程怎样,结果如何,却非人人都清楚知道的。对此,亲身经历者或可鲜活如昨,但对后来者来说却可能只是一个概念，对某段历史的记忆影像或不存在，或是模糊的。基于此，为了让年轻人，特别是青少年永远铭记共和国这段不朽的历史，我们推出了这套《共和国故事》。

《共和国故事》虽为故事，但却与戏说无关，我们不过是想借助通俗、富于感染力的文字记录这段历史。在丛书的谋篇布局上，我们尽量选取各个时代具有代表性或深具普遍意义的若干事件加以叙述，使其能反映共和国发展的全景和脉络。为了使题目的设置不至于因大而空，我们着眼于每一重大历史事件的缘起、过程、结局、时间、地点、人物等，抓住点滴和些许小事，力求通透。

历史是复杂的，事态的发展因素也是多方面的。由于叙述者的视角、文化构成不同，对事件的认知或有不足，但这不会影响我们对整个历史事件的判断和思考，至于它能否清晰地表达出我们编辑这套书的本意，那只能交给读者去评判了。

这套丛书可谓是一部书写红色记忆的读物，它对于了解共和国的历史、中国共产党的英明领导和中国人民的伟大实践都是不可或缺的。同时，这套丛书又是一套普及性读物，既针对重点阅读人群，也适宜在全民中推广。相信它必将在我国开展的全民阅读活动中发挥大的作用，成为装备中小学图书馆、农家书屋、社区书屋、机关及企事业单位职工图书室、连队图书室等的重点选择对象。

编　者

2010 年 1 月

一、 中央决策

● 毛泽东说："苏联的人造卫星上天了。我们也要搞人造卫星，我们不仅也要搞一点，而且，我们要搞就搞得大一点。"

● 张劲夫向科学院传达了邓小平的指示："卫星明后年不放，与国力不相称。卫星还是要搞，但是要推后一点。"

● 周恩来作了《论知识分子问题》的重要报告，并在会上明确宣布：要为知识分子"脱帽加冕"，即取消资产阶级知识分子帽子，加上劳动人民知识分子之冕。

中央决定研制运载火箭

1970 年 4 月 25 日 18 时，中华人民共和国新华社受权向全世界宣布：

1970 年 4 月 24 日，中国成功地发射了第一颗人造卫星。

卫星运行轨道的近地点高度 439 公里，远地点高度 2384 公里，轨道平面与地球赤道平面夹角 68.5 度，绕地球一圈 114 分钟。

卫星总重 173 公斤。卫星发送成功后，向地面播送《东方红》乐曲时，所用的频率是 20.009 兆赫兹。

而承担这次发射任务的运载火箭，是我国早期赫赫有名的"长征 - 1"号运载火箭。

其实，早在 1957 年 11 月 4 日，莫斯科时间 21 时 28 分 34 秒，一枚巨大的"卫星号"火箭从苏联拜科努尔发射升空。时隔不久，莫斯科广播电台向全世界宣布：

苏联成功地发射了世界上第一颗人造地球卫星：斯普特尼克 1 号。

"斯普特尼克1"号的成功发射，标志着人类太空时代的开始。当时，面对新闻媒体连篇累牍的宣传，美国国务卿杜勒斯不屑地问报界大王赫斯特："为什么你们媒体要围绕这个'铁疙瘩'大做文章呢？"

赫斯特则意味深长地回答说："因为这个'铁疙瘩'使人类生活进步好几个世纪呀！"

因此，就在苏联发射成功"斯普特尼克1"号的7个月后，即1958年5月，党中央在北京召开了八大二次会议。在5月17日的会议上，毛泽东发表了讲话。

他说：

> 苏联的人造卫星上天了。我们也要搞人造卫星，我们不仅也要搞一点，而且，我们要搞就搞得大一点。

这句话，无疑可以看成毛泽东对我国航天科技工作者发出的向太空进军的号令。

其实，早在1956年，我国就把开发火箭技术纳入了"国家十二年科学发展规划"。

1957年，著名科学家钱学森等积极倡议开展人造卫星的研究工作。

同年3月，谢光选被调往国防部第五研究院，分配在总设计师室工作，参与苏制Р-1导弹的拆装、测绘工作。而所谓导弹，即是用常规火箭携带常规弹头的作战武器。

同年 11 月，谢光选被调入国防部五院第一分院，即后来的中国运载火箭技术研究院的前身，总体设计室工作。主要负责我国第一代火箭技术的研制。

1958 年，毛泽东发出向太空进军的号令后，当时受到不利政策的影响，曾提出过研制高能推进剂运载火箭，发射重型卫星，并准备在 1959 年国庆节将中国的第一颗卫星送入太空。

但这种设想脱离了我国当时的经济实力、科技水平和工业基础，因而缺乏实现的可能性。

因此，1959 年 1 月 21 日，主持领导我国卫星研制工作的张劲夫向科学院传达了邓小平的指示：

> 卫星明后年不放，与国力不相称。卫星还是要搞，但是要推后一点。

根据邓小平的这个指示，张劲夫提出"就汤下面"，因国家经济困难，暂停卫星研制工作，集中力量先搞探空火箭，即承担卫星发射任务的运载火箭。

我们都知道，我国的运载火箭最初是从发射导弹的常规火箭发展而来的。

1960 年 9 月 10 日，经过拆装练兵的一发苏联制造的 P－2 导弹，在我国酒泉试验基地飞行试验成功。

同年 11 月 5 日，我国仿苏制的第一颗导弹，在酒泉试验基地飞行试验成功。

1964 年 6 月 29 日，我国自行设计的中近程导弹在酒泉发射基地进行飞行试验获得成功。

1965 年 4 月，国防科委提出了 10 年内我国航天工程的奋斗目标。同年 7 月，由中国科学院提出发展我国人造地球卫星的规划方案。

同年 10 月至 11 月，中国科学院受国防科工委的委托，召开我国第一颗卫星方案讨论会，初步确定了卫星和运载火箭的设计方案。

会议决定：

运载火箭的总体设计由上海机电设计院承担。

后来，上海机电设计院迁到北京，并改称为七机部八院。

1965 年 6 月，中央专委第十二次会议决定：

将发射人造地球卫星列入国家计划，由七机部一院负责具体研制运载火箭。

1965 年 10 月，七机部八院汇集有关专家进行了运载火箭总体方案论证，确定了发射的卫星重为 100 公斤，直径为一米。而运载火箭的运载能力，除能够发射这颗卫星以外，还应该具备发射一系列科学探测卫星和应用卫星的能力。

1965年11月，我国改进型中近程导弹首次飞行试验成功。

1966年1月，七机部决定：

发射我国第一颗人造地球卫星的运载火箭的一、二级，选用正在研制中的远程导弹的常规火箭，有关飞行程序的弹道计算工作由一院承担，具体落实到总体设计部。运载火箭总体设计部抓总由七机部八院承担。

1966年5月，经国防科委、中科院、七机部共同商定，中国第一种试验型运载火箭命名为"长征-1"号。

1966年12月，我国中程导弹首次飞行试验成功。

1968年11月，为确保卫星按计划发射，国防科委决定，将"长征-1"号运载火箭的研制工作由八院移交给一院。

同时，国防科委决定明确提出：

由我国运载火箭技术研究院负责设计和研制"长征-1"号运载火箭。

至此，我国研究"长征-1"号运载火箭的战斗正式打响了。

探空火箭的研究历程

"长征-1"号运载火箭的研究工作,有很大一部分是延续了我国早期的用于发射导弹的常规火箭的研究成果。

因此,要想了解"长征-1"号运载火箭的这个研究过程,就不得不提我国早期的探空火箭研究。

所谓探空火箭,就是在近地空间范围内进行环境探测、科学研究和技术试验的一种火箭。

人造卫星及其运载火箭的分系统和部件在上天之前,需要在地面进行充分的模拟试验。但有许多工作环境在地面上又无法进行模拟,就只能利用探空火箭进行飞机模拟试验。

因此,探空火箭是发展空间技术的一种不可缺少的试验工具。我国早期的探空火箭研究,起步于20世纪50年代末期。

早在1956年1月,毛泽东在最高国务会议上发表讲话说:

我们国家应该有一个远大的规划,要在未来的几十年内,努力改变我国在经济上和科学文化上的落后状况,迅速达到世界上的先进水平。

为此，在周恩来、陈毅、李富春、聂荣臻的领导和支持下，国务院很快成立了科学规划委员会。

1956 年 1 月 14 日，周恩来在党中央召开的关于知识分子问题的会议上，作了《关于知识分子问题报告》。

在这个报告里，周恩来提醒我国的广大知识分子，特别是科技工作者要"目光远大、面向未来"。周恩来说：

中国要想有所前进，就必须在最近未来的12 年内赶上或超过世界先进水平。

随后，为了制定出我国第一个科学技术远景规划，周恩来亲自抓总，并由陈毅、李富春和聂荣臻具体组织领导。经过 600 名专家和苏联顾问约半年时间的论证后，我国的《十二年科学技术发展远景规划纲要》终于在同年 11 月制定完成。

"纲要"提出了"重点发展，迎头赶上"和"以任务带学科"的科学发展方针，并确定了 57 项重点科学研究任务。这其中，就包括我国早期的探空火箭研究的雏形喷气技术。

1956 年 4 月，周恩来还亲自主持了中央军委会议，专门听取了刚刚回国不久的火箭专家钱学森提出的关于在中国发展导弹技术的规划设想，并于当月成立了航空工业委员会。

同年5月，在周恩来主持的中央军委会议上，又对聂荣臻提出的关于《建立我国导弹研究工作的初步意见》进行了讨论，并确定由航空工业委员会负责组建"国防导弹管理局和导弹研究院"。

为了筹建这两个机构，在当时条件极端困难的情况下，航空工业委员会用两家闲置的疗养院和一所闲置的医院旧址，作为国防导弹管理局和导弹研究院的办公场所。

随后，航空工业委员会又从有关部门抽调了30多名技术专家，并接收了当年分配的100多名应届大学毕业生，这才组成了中国最早的导弹技术骨干队伍。

此后不久，即1956年10月8日，我国第一个导弹研究机构，即国防部第五研究院正式宣布成立，并由钱学森出任院长。

国防部五院成立后，我国的导弹、火箭技术究竟走一条什么样的道路呢？是一切都靠自己从头摸索着干，还是一切依赖国外的援助？这个问题一时间成为专家们深感困惑的大事情。

为此，聂荣臻和专家们经过反复讨论后，一致认为：

应该把立足点放在依靠我们自己的力量上面。并且，在坚持"自力更生"的同时，尽可能争取必要的、可能的国际援助。

于是，聂荣臻在向中央的报告中明确指出：

我国导弹技术的研究工作，拟采取"自力
更生"为主，力争外援为辅，并充分考虑利用
国外已有的技术成果的方针政策。

10月17日，毛泽东和周恩来批准了这一方针，并
指示：

将此方针作为国防部五院的建院方针来办。

可是，由于国防部五院成立之初，各部门的研究筹
备工作完全是从零开始，白手起家。再加上，当时在我
国研究导弹又是零基础，既无相关图纸资料，又无相关
仪器设备。因此，研究筹备工作每往前走一步，都要付
出难以想象的艰辛和汗水。

为了缩短我国导弹技术起步阶段的摸索过程，我国
政府决定与苏联政府进行谈判，希望苏方能对中国在导
弹的起步上给予大力的援助和支持。

1957年9月，以聂荣臻为团长，陈赓、宋任穷为副
团长的中国政府代表团，同以别尔乌辛为团长的苏联政
府代表团，在莫斯科就导弹新技术的援助问题进行了

谈判。

10 月 15 日，中苏双方就谈判结果签订了《新技术协定》，简称"10 月 15 日协定"。

在这个协定中，苏方承诺在 1957 底至 1961 年底，向中方提供包括 Р－2 导弹在内的几种导弹样品及相关的技术资料，并派遣导弹技术专家帮助中方进行仿制。同时，还增加我国火箭专业留苏学生的名额。

消息传来，国防部五院的全体科研人员都兴奋不已。谢光选把手头上正在进行的 Р－1 的设计工作也停了下来，开始全力以赴地投入仿制工作中。

1958 年 11 月，为了把北京的技术力量和上海的工业基础有机地结合起来，经中国科学院和上海市商定，中国科学院第一设计院负责人造卫星和运载火箭总体设计的技术人员从北京迁往上海。

同时双方还决定，由上海市从有关院校和工厂抽调部分科技人员、大中专毕业生和工人，组成我国第一个完全依靠自己的力量，从事火箭技术研制和专门承担探空火箭设计的单位，即中国科学院上海机电设计院，由中国科学院和中共上海市委双重领导。

就这样，我国早期的探空火箭研究，便正式起步了。

1960 年初，在仿制导弹总装攻关进入决战的关键时刻，我国遇上了严重的自然灾害和一系列的决策失误，致使我国国民经济进入新中国成立以来的最困难的阶段。

就在这个紧要关头，导弹、原子弹这些国防尖端武器还搞不搞？一时间，众说纷纭。

有人认为，既然目前我们国家财力有限，搞尖端技术必然影响国民经济的发展，应该停下来。

也有人认为，发展尖端技术困难太大，现在没有外国技术的支持，我们应该慢慢来。因此，目前仿制导弹的攻关应该暂时"下马"。

但是，毛泽东却在一次会议上明确指出：

国防尖端技术不能停，要下决心搞尖端技术！

周恩来、陈毅、聂荣臻也纷纷表态：

目前的条件无论多么艰难，导弹、原子弹应该继续攻关。

国防部五院的全体科研人员克服生活上的重重困难，全身心地投入到仿制工作中。

可是，就在仿制工作排除万难，即将进行总装的时刻，苏方单方面撕毁协定，撤走全部专家，中断了对我方的援助。

1960 年 8 月 12 日，在国防部五院工作的最后 3 名苏联专家奉命回国。

苏方的这一举动，激起了五院全体科研人员的愤慨。

包括谢光选在内的广大工程技术人员，决心通过他们自己的努力，把我国的导弹制造成功并发射上天。

针对赫鲁晓夫毁约撤走援华专家这件事，毛泽东斩钉截铁地表示：

赫鲁晓夫不给我们尖端技术，很好啊！那我们就自己搞！如果给了，这个账是很难还的呢！

8月14日，聂荣臻在北戴河接见国防部五院的领导王秉璋、王诤。聂荣臻鼓励他们：

中国人民是聪明的，并不比别的民族笨。要依靠我国自己的专家和工人，搞出自己的导弹。

于是，国防部五院的全体科技人员立即行动起来，在以钱学森为首的老专家的指导下，开展技术讲座，学习空气动力学、发动机、弹体结构、自动控制、电子线路、计算机等专业知识。

随后，国防部五院先后组建了导弹总体、空气动力、发动机、弹体结构、推进剂、控制系统、控制元件和无线电、计算机等多个部门，决定同时从多方面入手进行研究。

与此同时，国防部五院还作出决定：

　　尽快调整任务，收缩机构，停止大型运载火箭和人造卫星的研制，把力量先转移到探空火箭上来。

　　以研究探空火箭练兵，为高空物理探测打基础。

至此，我国独立自主研究的探空火箭的工作正式起步了。

第一枚探空火箭诞生

早在 1958 年 11 月，上海机电设计院成立后，为了壮大科研力量，设计院又吸纳了科学院河北分院、华南分院、四川分院、上海交通大学、哈尔滨工业大学、华中工学院、西北工业大学等单位送来的协作进修人员。

同时，设计院还从上海江南造船厂、上海纺织机械厂、上海无线电厂和上海高等院校选调了一批技术人员、工人以及学生，成立了总体设计、结构设计、发动机、无线电、地面设备 5 个设计室。

上海机电设计院的副院长是杨南生，总工程师便是当时年仅 37 岁的王希季。

谈到我国第一枚探空火箭诞生，就不能不谈到王希季。

王希季是云南大理白族人，1942 年毕业于西南联合大学机械工程系，1949 年获美国弗吉尼亚理工学院硕士学位。

1950 年回国，王希季先后在大连工学院、上海交通大学、上海科技大学任副教授、教授。

当时，他深知我国的探空火箭技术已经远远地落后于其他的发达国家。因此，当他出任上海机电设计院总工程师后，恨不得把每天 24 小时全都用在探空火箭的研制上。

但万事开头难。探空火箭从设计、研制到发射，没有先例，当时也没有外援，一切全靠他们自己。

首先摆在王希季他们面前的一个问题是：我国的探空火箭究竟如何起步？即到底应该先研制什么型号？随后再研制什么型号？谁都没有现成的经验。

再加上，当时正处于特殊的年代，许多人都不从实际情况出发搞科学研究。

自然而然，在探空火箭制订最初方案的时候，大家都把探空火箭的起点定得很高很高。

当时，大家的美好设想是：要研制出一种技术相当先进的大型火箭，即 T-5 探空火箭，以用于探测研究高空大气结构和各种地球物理现象。

而与此相反的则是，当时，这支初步组织起来的从事探空火箭技术研究的队伍却相当的年轻，他们中的大多数人都缺乏火箭方面的理论知识。而实践方面的经验，就更是无从谈起了。

另外，在试验设备、加工条件、技术资料方面，也同样存在诸多的困难。

比如，由于当时没有电子计算机，因此，王希季他们在做 T-5 火箭的总体设计时，就只能用手摇计算机来进行计算。

尽管这样，在接下来的研制过程中，王希季他们还是同空军十三厂、上海柴油机厂密切合作，边学边干，在短短一年里，便攻克了一些难度很大的技术课题，并完成了首枚火箭的结构件总装工作。

由于当时的上海机电设计院没有大型发动机试车台，同时，又不具备供应、贮存、运输和加注液氧的设施，致使发动机的研制工作无法进行。

因此，这枚完成了结构件总装工作的火箭，就因为部分关键设备不齐全，而无法最终成型。

加上特殊时期的冲击，结果，整个 T - 5 探空火箭的研制工作，只好被迫中止了。

的确，在缺乏经验、技术储备不足、国家投资又有限的情况下，要想搞出具有先进技术指标的探空火箭，显然是不可能的事。

T - 5 火箭的下马，并未彻底摧毁王希季他们的斗志。失败让他们尝到了痛苦的滋味，同时也让他们醒悟：应该选择技术难度较小的小型探空火箭作为研究的突破口。

于是，从 1959 年 10 月开始，在副院长杨南生和总工程师王希季的组织领导下，研制工作又转向了 T - 7M 型无控制探空火箭。

T - 7M 火箭是由液体燃料主火箭和固定燃料助推器串联起来的两级无控制火箭。

它的工作原理是：当助推器工作完毕后，主火箭能在空中自动点火。随后，主火箭的箭头、箭体在弹道坐标顶点附近可以自动分离。而分离后的箭头、箭体则分别用降落伞进行回收。

这种火箭的起飞重量约为 190 公斤，总长度为 5345 厘米。飞行高度 8 至 10 公里左右。

紧接着，1960 年的春天，我国又进入到一个众所周知的、经济极端困难的年代。王希季他们的研究工作也就更加艰难了。

后来，王希季在回忆当时的情况时，说：

"当时国家没钱，搞试验也没有试验场，我们就在日军侵华时留下的一个破碉堡里搞研究。碉堡四周无遮无掩，真是惨不忍睹啊。

"发动机是上海柴油机厂生产的，结构的组装是在空军的一个修理厂进行的。

"为了建一个简易试车台，寒冬腊月，科研人员都来弄水和泥，搬砖抬石，当起了'泥瓦匠'。

"那个地方冬天特冷。夏天时，蚊子又大又多。而且，大家还填不饱肚子，每月的口粮每个人定量，我们中年人都不够吃，就别说大小伙子了。

"另外，我们也没有蔬菜吃，就吃萝卜皮，甚至有时就用酱油拌上碗白开水下饭。

"因此，由于营养不良，不少人都得了浮肿病。大家还常常饿着肚子干到深夜。

"要说苦，当时的确很苦，但大伙的心里憋着一股子劲儿，脑子里成天想的似乎不是如何填饱肚子，而是怎样尽快把探空火箭搞上去！"

为了保证 T－7M 火箭的发动机启动系统的可靠性，

王希季他们决定采用爆破薄膜为启动阀，并要求薄膜控制爆破力的精度要达到±23.33千帕。因此，就要求薄膜的铣削深度公差应保证在0.005毫米以内。

显然，要想达到这一要求，若采用机械加工方法是无法实现的，所以，火箭启动阀薄膜的铣削加工方法就需要另辟蹊径。那么，这个任务交给谁来完成呢？

当时，两位平均年龄只有20岁的姑娘自告奋勇承担了这一艰巨的任务。

接受任务后，经过对加工方法仔细的梳理，她们俩决定采用化学腐蚀方法来进行加工。但是，当时没有所需的相关设备，她们俩只得靠手工把涂上保护剂的硬纸板刻成一个个空心图案当模型来腐蚀铝板。

就这样，这两个年轻人经过数百次试验，终于找到了比较理想的保护剂和腐蚀剂。

紧接着，她们俩又面临一个新的问题，那就是：如何在丝绢上刻出高质量图案。

经反复的思考，她们俩终于从刻蜡纸的方法上得到启发，于是，她们决定用印刷法把图案印上去。

随后，她们又自己动手把针头磨成微型刻刀，先在印刷纸上刻出所需的图案，再把印刷纸贴到丝绢上。在经过了近千次试验后，两个年轻人终于印出了自己理想中的图案。

就这样，1960年2月19日，我国第一枚自行研制的T-7M液体探空火箭，终于竖立在了20米高的发射架上。

发射场位于上海市南汇县的一个老港镇上的荒郊，这里濒临东海、气候恶劣、人迹罕至，可以说是一块被岁月遗忘了的不毛之地。

当时，发射场简陋的条件，在世界航天史上，可以说是空前绝后：一台借来的50千瓦的发电机安放在发射架不远的地方，四周用芦席一围，顶上再盖上油篷布，就成了"发电站"。

"发电站"离发射架和"指挥所"虽然只有100多米远，但中间还横着一条漂着死鱼的小河。

当时，用来协调发射的步话机都没有，更没有电话。

因此，发射场总指挥要下达一系列的命令，只有扯着嗓门大声喊叫，或者挥动手臂、打着哑语来示意对方。

更让人无法想象的是：给火箭加注推进剂时，由于没有专用加注设备，王希季他们只好用自行车的打气筒当作外压力源来给火箭加注燃料。

同时，由于没有自动的遥测定向天线，发射操控就靠几个人用手转动天线去跟踪火箭。

发射场条件很简陋，试验进行得也不隆重，就这样，我国第一枚自行研制的探空火箭，还是发射成功了。

虽然这枚火箭的飞行高度只有8公里；但是，它为我国日后研究大型的探空火箭，迈出了关键的第一步。

同年4月的一天，聂荣臻在张劲夫、钱学森的陪同下，冒雨来到位于上海江湾机场内的简易试车台，视察了 T−7M 火箭发动机的热试车，并给予了王希季他们热情的鼓励。

紧接着一个月后，毛泽东也来到上海新技术展览会尖端技术展览室，参观了 T−7M 火箭的仿真模型。

当时，毛泽东一进大厅，便径自朝探空火箭的模型走去。他先询问了这枚火箭的研制情况，又询问了有关科技人员的生活状况。

然后他拿起模型说明书，粗略地翻了一下，才指着 T−7M 火箭问道："这家伙能飞多高呢？"

讲解员回答说："它能飞 8 公里。"

毛泽东轻轻"哦"了一声，似乎有些遗憾。但是，他很快就笑了，并举起手中的模型说明书，在空中使劲挥一下，说："了不起呀！8 公里也了不起！我们就要这样 8 公里、20 公里、200 公里地搞下去！搞它个天翻地覆！"

就在毛泽东、聂荣臻等中央领导参观、视察了 T−7M 火箭相关的研究成果后不久，我国科技界的形势便开始好转了。

1960 年冬，为纠正科技界的错误思想，促进科技事业的发展，聂荣臻亲自组织有关人员，写出了《关于自然科学研究机构当年工作的十四条意见》草案，简称"科研十四条"。

"科研十四条"总结了新中国成立后科技事业发展的经验教训，特别是针对当时发生过的错误，规定了一系列的政策和措施。

按照"科研十四条"规定，各国防科研单位对科研工作实行了定方向、定任务、定人员、定设备、定制度的"五定"制度，并规定科技人员：

每周至少要有5天的时间从事专业的研究工作。

随后，中央政治局在讨论这个草案时，刘少奇、李富春都称赞这是个好文件。

邓小平也补充说：

这个草案要在实践中加以补充，使之成为科研工作的一部宪法。

1961年7月19日，中央将这个文件批转全国与探空火箭研究有关的各个单位，并要求他们：

必须贯彻执行。

1962年2月，聂荣臻在广州主持召开了全国科技工作会议。

在会上，周恩来作了《论知识分子问题》的重要报告，并在会上明确宣布：

要为知识分子"脱帽加冕",即取消资产阶级知识分子帽子,加上劳动人民知识分子之冕。

这对激发广大科技工作者的工作热情,调动其积极性起到了很大的作用。

不仅如此,当时,针对正在持续、依然严峻的经济困难,聂荣臻以个人的名义向北京、沈阳、济南和广州等军区的海军领导们呼吁,要求他们尽快调拨一批副食品来支援国防部第五研究院和上海机电设计院。

这批食品到达后,均以中央和中央军委的名义专门分配给科研专家和科技人员,而其他行政人员包括领导干部在内,都不许分给。

罗瑞卿则让秘书亲自去研究院了解科技人员的住房、伙食、取暖等情况,一旦发现谁的暖气不热,或者灯泡不亮,就立即找有关领导马上给予解决。

1964 年 4 月,为进一步推动国防科技工作的开展,张爱萍还在南京十四所专门主持召开了现场工作会议,与会者有解放军各总部、工业部、研究院、中国科学院等单位,共计 600 余人。

这是 20 世纪 60 年代国防科技战线的一次大集会。聂荣臻向大会写了信,刘伯承还亲自接见了大会代表。

这次会议将日后的国防科技工作又大大推进了一步。

到 1964 年底,国防工业部、研究院、国防高等院校形成了一支从常规到尖端的庞大的 16 万人的国防科技队伍，因而被人们称为中国科技的"黄金时代"。

随后不久，北京的国防部第五研究院就传出了喜讯。

1964 年 6 月 29 日，我国自行研制的第一枚弹道式导弹发射成功。

同年 7 月 9 日和 11 日，又连续发射了两枚导弹，使全程试验均获得圆满成功。

这表明中国火箭技术的发展，经过了从无到有、从仿制到自行设计的艰难历程，将由研究试验转入定型试验、由工业的批量生产阶段进入火箭发展的新时期。

1965 年 3 月，在张爱萍的主持下，国防科委召开了发展我国人造卫星的可行性座谈会，张劲夫、钱学森、孙俊人、赵九章等 30 余位专家学者出席了会议。

会上，与会者对发射人造卫星的必要性和可行性进行了充分的讨论，并对运载工具的选择及卫星的重量问题也进行了初步的分析。

最后与会者一致认为，现在技术基础已经具备，研制和发射卫星在政治上、军事上和科技上都有重要意义，应该统一规划，有步骤地开展卫星工程的研制。

1965 年 10 月，中国科学院受国防科委的委托，在北京友谊宾馆召开中国第一颗人造卫星方案论证会，即"六五一"会议。

这次会议由中国科学院副院长裴丽生主持，杨刚毅负责会议组织工作。

出席会议的有：国防科委、国防工办、国家科委、总参、海军、空军、二炮、一机部、四机部、七机部、邮电部、通信兵部、二〇试验基地、军事科学院以及中国科学院 13 个研究所的代表。

裴丽生、罗舜初、张震寰先后在会上讲了话。有关专家分别就第一颗卫星的总体设计方案、第一颗卫星的运载工具方案设想作了汇报。

经 40 多天的论证，会议初步确定了第一颗人造卫星的总体方案，并将第一颗卫星定为科学探测性质的试验卫星。

总的要求概括为 4 句话 12 个字：

上得去，跟得上，看得见，听得到。

为了确保我国第一颗人造卫星研制任务的完成，国防部对负责研究任务的相关机构，在组织结构上也作出了必要的调整：

例如，1966 年初，中国科学院经请示报告聂荣臻后，正式成立了"六五一"设计院，由赵九章任院长，着重狠抓第一颗人造卫星总体方案和筹建试验室的工作。

再如，1966 年 5 月，为加强地面观测跟踪系统工作，中国科学院又组建了代号为"七〇一"的工程筹备处，由著名电子学科专家陈芳允担任技术主管，负责地面观测系统的设备设计、台站选址和勘察、台站的基本建设等工作。

　　与此同时，七机部第八设计院也开始了运载火箭总体方案的论证和设计工作。

　　至此，我国为发射第一颗人造卫星而设计的"长征－1"号运载火箭的攻坚战斗，就正式打响了。

二、 研究过程

- 郝复俭说："没有工人的精心加工和装配，是搞不出精密仪表的，所以我们的研究设计人员必须要和工艺、工人搞好结合，要深入到试制厂去。"

- 任新民回忆说："这枚火箭飞行失败，并非偶然。从一开始，二级远程火箭的质量就很不稳定，尤其是电器部件毛病最多。"

运载火箭总体设计方案诞生

1968 年 11 月，为确保卫星按计划发射，国防科委决定，将"长征－1"号运载火箭的研制任务由八院移交给一院。

同时，国防科委决定明确提出：

由我国运载火箭技术研究院负责设计和研制"长征－1"号运载火箭，任新民被任命为总体设计室主任。

"长征－1"号火箭的总体设计工作最初是由七机部第八设计院负责，总设计师是王希季。后来，国防科委决定将八院的任务由运载火箭总体研究改为航天器总体研究，"长征－1"号的总体任务交给一院，即运载火箭研究院负责。

1967 年 11 月的一天，王希季带着"长征－1"号的全部资料来到运载火箭研究院办理移交工作。可是，唯独不见院领导和接受移交工作的负责人。

王希季一连找了好几间办公室，也没有找到他要找的人。转了一大圈，最后只好由刚提拔不久的第十研究室副主任，年仅 31 岁的陈寿椿出面，代表火箭研究院办理了移交手续。

好在，时任研究院副院长、"长征－1"号火箭的总设计师任新民，在周恩来总理的特殊保护下，没受到太大的冲击，因此，他坚持主持火箭的设计研制工作，从而最终完成了"长征－1"号的设计与研制。

任新民，1915 年 12 月 5 日出生于安徽省宁国县。1940 年毕业于重庆兵工学校大学部造兵系。

1945 年 6 月，任新民公费赴美国实习，后考取美国密歇根大学研究院的研究生，先后获机械工程硕士和工程力学博士学位。1948 年 9 月，被美国布法罗大学机械工程系聘任为讲师。

1949 年，新中国即将诞生，身居大洋彼岸的任新民很受鼓舞，他几经周折于 1949 年 8 月回到了祖国。同年 9 月，他应南京华东军区军事科学研究室之邀担任研究员。

1952 年 8 月，任新民随南京华东军区军事科学研究室并入哈尔滨军事工程学院，历任院教务处副处长、炮兵工程系教授、火箭武器教研室主任等职。

1956 年 8 月调赴北京，参加筹建国防部第五研究院，历任总体技术研究室主任、一分院液体发动机设计部主任、一分院副院长兼液体发动机设计部主任。

1965 年，任新民被任命为第七机械工业部一院副院长兼液体发动机研究所所长。

1968 年 11 月，在接到"长征－1"号运载火箭总体设计的任务后，任新民带领总体室的全体科研人员，在总结我国当时已有的常规火箭经验、并参考国外的相关报道和图片资料的基础上，开始了"长征－1"号运载火箭总体方案的论证和设计工作。

最初确定"长征－1"号总体方案时，任新民曾经提出了三种可供选择的方案：一是更换"东风－1"号两级导弹的推进剂，把卫星直接射入轨道；二是在两级导弹上再加一个液体第三级火箭；三是在两级导弹上再加一个固体第三级火箭。

三种方案各有利弊。第一种方案可以发射60至200公斤的卫星，但轨道高度低，不利于后续发射其他科学试验卫星；第二种方案各方面都不错，但要分散研制精力，时间长，耗费多。经过反复论证，最后确定采用第三种方案。

所以，"长征－1"号运载火箭总体设计室的全体科研人员，针对当时"六五一"卫星的发射需要，结合以上国外的先进经验，最终拟定"长征－1"号的设计总原则是：

　　航天运载火箭与远程导弹相比，有两项新的要求。第一，要能飞出稠密的大气层，第二是必须达到第一宇宙速度，即每秒7.9公里的速度。

　　所以，"长征－1"号火箭需要采取三级火

箭式结构。第一和第二级火箭采用远程导弹的液体火箭原型不作修改。第三级采用固体火箭。

采取这样的决定，成功的把握大，而且可以保证进度，节省经费。需要投入大量人力和物力加以最新研制的是第三级火箭。

第三级固体火箭采取自旋稳定的方式，以保证卫星有正确的入轨姿态。

而串联着卫星的第三级固体火箭在第二级火箭关机后，发动机在 600 公里的高空以喷射氮气来保持卫星入轨前滑行段的稳定飞行，并最终将卫星推入预定轨道。

同时，在第三级火箭上安装上遥及控制系统。

而且，为避免卫星和固体火箭在大气层中受气流的冲刷和加温而受损，卫星和固体火箭被应密封在整流罩内。

1968 年底，任新民他们完成了"长征 - 1"号的总体设计方案。随后，他又带领其他部门的科研人员投入到第一、第二级液体火箭的紧张研制工作中。

我们知道，制造"长征 - 1"号运载火箭是一项复杂的系统工程，涉及诸多的专业和学科。因此，任新民在主持研制工作中善于发扬技术民主、集思广益。

在处理和解决技术问题时，他既充分听取各方面的意见，特别是第一线科技人员的意见，又敢于发表、坚持和修正自己的技术见解，敢于负责，敢于对重大技术问题适时而果断地作出决策。这正是他难能可贵之处。

同时，他通过多年的研制实践切身体会到，研制过程中的任何一个环节，甚至是一个元器件、螺钉、螺帽、焊点、导线出了问题，都会导致整个型号飞行试验任务的失败，甚至至出现重大的伤亡。

因此，他始终牢记着周恩来亲自为我国火箭与航天事业研制工作制定的"严肃认真，周到细致，稳妥可靠，万无一失"的十六字方针，并将其落实到整个研制、试验、生产的全过程中，狠抓、细抓"长征－1"号研制过程中生死攸关的质量安全工作。

他总是恪守一条原则：

在地面能做的工作、能进行的试验，一定要做透、做充分。发现的问题和疑点，一定要查清，并举一反三，彻底解决和排除，决不能带着问题、疑点和隐患上天。

他非常注重深入科研生产第一线处理和解决技术问题。在这方面他确有深刻的体会。他常常对科研人员说：

一个科技人员判断和处理技术问题，一是靠他的基础技术知识和实践经验；二是靠他不断深入实际，从广大科技人员、工人那里，从实践中汲取和补充知识；三是实事求是，一切从实际出发。

他还经常深有感触地说：

搞工程性技术工作的，即使是再有造诣的专家，不深入实际就会退化，会"耳聋眼花"，3年不接触实际，就基本上没有发言权了。

正是由于这种科学的精神和严格的管理，才使"长征-1"号火箭的一系列攻关得以顺利完成。

在艰苦的研制过程中，任新民同有关科技人员、工人一起，先后解决了发动机的不稳定燃烧、高转速高性能涡轮泵的设计、四机并联技术、推力室的真空钎焊、波纹板成型、等离子喷涂、材料的相容性等关键技术。

特别是在突破燃烧室高频不稳定燃烧这一技术难关时，他亲自进行分析计算、参加试车、参加讨论，经过多个技术方案的反复比较和百余次的试车，最后采用了隔板、液相分区的方案，圆满地解决了这一关键技术。

所谓燃烧不稳定，是指由于燃烧室固有声振频率与燃气生成频率相耦合产生了共振，结果在一瞬间燃烧室压力骤然升高，导致燃烧室发生机械破坏或熔化烧毁。

这种现象在国外被称作"鬼"，意思是像鬼一样难以捕捉，顷刻之间就会把发动机烧成一堆废铜烂铁。

大家开始寻找原因，思考办法。有人提出是不是两种燃料进入燃烧室的先后时间上有问题，也就是说可能是哪种燃料先进入燃烧室后，在里面有积存而引起了爆炸，因而提议先从调整两种燃料进入燃烧室的时间上入手，可试验结果不管用，这不是问题的症结。

一个原因不是，就找另一个原因。任新民带领着他的手下提出了70多个方案，一个原因一个原因地找，一个方案一个方案地试，他们已记不清试了多少次，失败了多少次。

他们每个星期都要在2号试车台试5至6次发动机，有时是两天连着试两个发动机，有的发动机还可以坚持试10多秒，有的则是上来一试就烧了，这个烧着了就试那个。

任新民鼓励大家要坚持下去，不要灰心，有问题就有办法克服，只要下决心找，这个办法总能找到。

鉴于发动机在导弹研制中的重要性，每次试车的时候，五院院长王秉璋都亲自到试验站观察，如果有事没有到场，第二天早晨也一定给任新民打电话，询问头一天试验的情况。

有一天，任新民他们因调整计划并没有试车，但第二天早晨，王秉璋却仍给任新民打来了电话。

王院长先是询问了一下最近发动机燃烧不稳定问题有何进展，然后很突然地在电话中告诉任新民："聂老总让我转告你：最困难的时候，也就是快成功的时候。"

在自己最困难的时刻，聂荣臻雪中送炭，给了他信任、支持和温暖，任新民很感动。

后来，他在回忆那段试车失败的苦闷时，说："处在当时的境况下，我们是什么心情、心里是什么滋味，没有亲历者很难体会。当时，听到聂总的这句话，一种被信任感、被支持感油然而生，并化为巨大的动力。

"几十年来，每当我遇到挫折和失败时，都要回味和咀嚼聂老总这句话，并讲述给周围的同事，增强我战胜困难的信心和勇气。"

为了使液体火箭具有更优良的性能，"长征－1"号采用了许多新的设计方案。

因此，研制过程中遇到了许多从未见过的新问题。如发动机高空点火和高空性能模拟试验技术，火箭级间连接和分离技术，大、长、细的火箭姿态控制技术等。

在研制过程中，设计、工艺人员和工人实行"三结合"攻关，采用爆炸成型、化学铣切、真空电子束焊等多种新工艺，先后攻克了发动机、箭体结构方面的许多技术难关。

"长征－1"号的二级发动机是在接近真空条件下工作的。为了满足设计要求，技术人员大胆创新，在工艺上大量采用精密铸造零件，提高了组件的质量与性能。

同时，科研人员还采用爆炸成型的工艺解决了复杂型面的成型问题，生产出集合器弯管等组件，并与建材、化工等部门一起，解决了玻璃钢喷管延伸段原材料的配方、缠绕、固化、检测等技术问题。

科技人员还大胆探索出一种简茧办法，创造了一个和地面点火相似的点火环境，解决了发动机在高空点火的问题，既节约了资金，又赢得了时间。

同时，结合我国当时的实际情况，设计建成了高空环境的试车台，解决了高空发动机的地面试验问题。

另外，任新民他们考虑到：因为"长征－1"号火箭又细又长，所以，压缩火箭总的长度对减小飞行气动载荷和稳定系统负担极为重要。

因此，任新民他们决定：第二级火箭的氧化剂贮箱和燃烧剂贮箱采用"共底"技术。

所谓"共底"技术，也就是将氧化剂贮箱和燃烧剂贮箱合二为一，中间用一个称之为"共底"的部件隔开。

但是，接下来的难题是：这个"共底"部件一旦破损，哪怕只是一点缝隙，氧化剂和燃烧剂渗过"共底"遇到一起就会发生爆炸。

因此，"共底"技术对贮箱的生产工艺提出了许多高新的要求。而"共底"贮箱的叉形环和壳段对接焊成了关键问题。

在焊接过程中，由于焊接的地方空间狭窄，不能用气动涨圈撑圆来保证焊接装配件的质量。

面对这个技术困难，火箭研制人员知难而上，经过反复研究和试验，他们最后终于用一种特殊的对接接头解决了"共底"贮箱的焊接问题。

"长征－1"号的一、二级和控制系统是在中国自行研制的中远程导弹的基础上稍加修改而成的。

第三级固体推进剂火箭是新研制的，由国防部四院承担。"长征－1"号上装有 3 套飞行测量系统、两套安全自毁系统和两套遥测系统。遥测系统的编码发送装置由遥测设备研究所研制。

"长征－1"号火箭上装配的外弹道测量系统，也是我国第一次投入使用的大型外弹道测量工程的箭上设备。经过科研人员的艰苦研制，也最终如期交付使用。

另外，能否对液体火箭的推进剂进行万无一失的掌控，也历来是运载火箭能否成功发射的关键问题之一。

这是因为，液体火箭的推进剂要么带腐蚀性，要么有毒，要么需要在极低温的条件下储存。

例如，液氢需要在零下 253 度的环境下，才能以液体的形式储存。而零下 253 度的液氢，又有"穿透"某些金属容器的厚壁的危险，所以非常容易泄漏。

而泄漏出的氢一旦遇到空气中的氧，特别容易引起剧烈爆炸。如此看来，这可真是防不胜防呢。

另外，火箭发动机中高速进入燃烧室的零下 253 度的液氢，是极端高效的冷凝剂。它在喷射过程中，一旦遇到水珠或各种气体杂质，就会把这些杂质冻结成比金属还坚硬的颗粒，并推动它们高速运动。

这样，这些高速运动着的比金属还坚硬的杂质颗粒，就有可能像子弹一样击穿金属管道壁，也是防不胜防。

再就是，还是因为零下 253 度的液氢是极端高效的冷凝剂，所以，有的金属材料遇到液氢，会变得像陶瓷一样脆硬，这就是科研人员通常所说的"氢脆"。

因此，无论制造火箭的材料，还是用在火箭上的元器件和设备，必须能经受得住各种严酷而极端条件的考验。

带着这所有的难题，运载火箭研究室的全体科研人员在任新民的带领下，经过艰苦卓绝的努力，终于将一道道技术难关相继攻克了。

惯性导航仪研制成功

20 世纪 50 年代，中国的经济基础和工业技术基础都很薄弱，科学技术也很落后，精密惯性技术领域还是空白。郝复俭就是在这种情况下肩负起惯性器件研究所创建任务的。

郝复俭，1911 年 4 月 14 日出生于山东省青岛市，祖籍山东省胶县。1933 年 9 月，以优异的成绩考入清华大学电机工程系，1934 年转入上海交通大学电机工程系，1938 年 7 月毕业，获工学学士学位。

毕业后，郝复俭即开始从事无线电仪器仪表的设计、制造和使用维护工作。在实践中他埋头苦干，潜心钻研，不仅丰富了科技理论知识，也积累了实践经验。

特别是他又赴美国攻读、实习和工作近 3 年，使其逐步成长为科技理论造诣较深、实践经验较丰富的科技工作者。

新中国成立后，他投身于祖国的通信事业，先后主持或参加了多种通信电子仪器、微波仪器、频率仪和防化用的射线探测仪等的研制、试验工作。

1957 年 10 月，郝复俭调入国防部第五研究院担任火箭惯性导航仪系统的技术领导工作。

在创建火箭惯性导航仪研究室的过程中，从科技人员的选调、基础设施的建设、研究室的划分，到设备、器材的购置，郝复俭都要亲自过问。

1958 年 9 月，郝复俭在仿制从苏联引进的液体近程弹道火箭 P－2 的时候，他和他的同事面对完全陌生的陀螺、陀螺加速度表和横偏校正系统，觉得无从下手。

于是他决心从零学起，并鼓励同事们说："一个小孩从不会走路到会走会跑，总得有个过程。只要肯学、肯干就是了。"

随后，郝复俭根据院领导的指示，开始组织科技人员学习讨论"仿制与独创"和"学到手与导弹上天"的关系。

对于技术性问题，他详细研究了当时仅有的一些苏联资料，并认真听取有关领导和其他科技人员的意见。

通过学习讨论，大家统一了思想，增加了仿制 P－2 火箭的陀螺仪系统的信心。从这以后，他和他的同事们，通宵达旦地进行实物测绘和资料图纸的分析研究。

不久，郝复俭他们就完成了仿制 P－2 火箭的陀螺仪的全部设计工作。接着，他还带领科技人员下厂进行惯性器件的生产，在摸透设备的工作原理和设计参数的基础上，成功地解决了超差代料的问题。

功夫不负有心人，在郝复俭的主持下，国防部第五研究院终于仿制成功了 P－2 火箭的惯性器件及其他仪器设备，并为后来的自行研制工作打下了良好的基础。

随后，在我国自行设计的中近程液体弹道导弹的研制工作中，郝复俭又开始负责更先进的惯性导航仪系统的研制。

当时，这一自行设计的火箭的导航控制思路虽与Ｐ－2火箭相同，但在部分整机和线路作了许多改进。

例如：横偏校正系统加大了发射机功率，对水平陀螺仪程序机构的凸轮重新进行了设计，变换放大器选择了磁放大器的方案，对舵机进行了改进设计等。

所以说，这一导弹的控制系统与Ｐ－2火箭比较，完全自行设计的19项，改进设计的46项，其中大部分都是郝复俭负责设计的。

在中近程弹道导弹改进型的方案论证与研制中，围绕导航控制系统方案的选择上，郝复俭他们进行了反复讨论。

例如：关于纵向控制采用双补偿方案、横向控制采用坐标转换的全惯性制导方案，惯性器件的研制是这一方案的基础和支撑条件等等，他们都作了仔细的分析。

很快，郝复俭他们确定了我国第一颗改进型的中近程火箭的全惯性制导方案，大大地提高了武器系统的作战性能，使我国导弹火箭控制技术取得了重大的突破。

在接下来的中程、中远程、远程液体弹道导弹火箭的研制过程中，郝复俭被任命为惯性器件设计部的主任和惯性器件研究所的所长。

1967年11月，为发射我国第一颗人造地球卫星用的"长征－1"号运载火箭的研制工作正式启动，郝复俭主持了运载火箭的惯性器件的攻关、研制、试验、调试和生产工作。

要知道，在"长征－1"号控制系统的研制中，高精度的惯性仪表是关键，而气浮支承技术是实现高精度的关键。为此，国防部第五研究院成立了以郝复俭为组长的联合攻关小组。

他带领着科技人员深入惯性器件制造厂，亲自和工人师傅们操作各种精密机床。

在这期间，有些科研人员习惯坐在自己的办公室里，在电话里和生产加工厂的工人师傅"指示"一些技术指标。针对这一点，他说："没有工人的精心加工和装配，是搞不出精密的惯性仪表的，所以我们的研究设计人员必须要和工艺、工人搞好结合，要深入到试制厂去。"

在生产过程中，郝复俭坚持"设计、工艺、生产"三结合的原则，他反复地对工人师傅强调说：

"我们是研究精密仪表的，如果作风不精细是搞不出精密仪表的。"

因此，他身体力行，用自己的实际行动，带头贯彻聂荣臻提出的"三严"作风，即严格、严密、严肃的要求。

经过8个多月的奋战，在不断总结经验教训的基础上，他们精心设计、精心加工、精心装配，生产出尺寸精度高达两微米的空气轴承。

这种轴承的工作原理是：在静电压力支撑下作高速

旋转。轴承研制成功后，经测试台检测，精度完全达到要求。

这之后，他们又乘胜前进，认真地分析了我国技术、经济所允许的条件，考虑了我国所能提供的电子元器件的品种和技术水平，很快地设计和生产出了"气浮三自由度"陀螺仪和气浮陀螺加速度表。

运载火箭有了高精度的惯性仪表，再配上先进的软件，就能建立起陀螺仪漂移的数学模型，通过误差分离技术对陀螺仪的系统误差进行修正。

这项技术使我国的惯性仪表技术产生了一个质的飞跃，其精度比起采用滚珠轴承的陀螺有了极大的提高。

就这样，郝复俭和他的同事为"长征－1"号运载火箭提供了至关重要的设备，保证了"长征－1"号的研制成功。

固体火箭发运机研制成功

1964 年 8 月，四分院的固体发动机被选为"长征 – 1"号火箭的第三级，作为"东方红 – 1"号卫星入轨时的发动机。为此，四分院成立了工程领导小组，杨南生被任命为组长。

早在研制我国第一枚探空火箭的时候，时任上海机电设计院副院长的杨南生和他的伙伴们，就梦想造出属于中国自己的卫星，甚至连卫星草图都画好了。但是限于当时的客观条件，造星还只能停留在他们的梦想中。

在指挥发射成功我国第一枚探空火箭 T – 7M 后不久，杨南生就被任命为我国固体火箭发动机研制基地，即航天五院四分院负责技术的副院长。

当时，四分院经过多年的艰苦探索，已研究成功一种聚硫橡胶复合推进剂配方，正由李志刚率领着一个分队在国营八四五厂协作，进行一种试验型固体发动机研制。

这种发动机，通常叫 300 发动机，直径约为 300 毫米，装药量不足 100 公斤。它的研制目的不在于提供实用产品，而在于经历一个研制全过程，以便积累研制经验，探讨研制规律，总结研制程序，掌握研制技术。

1964 年底，300 发动机进行了一系列地面试验，连续获得成功。随后，杨南生他们在二十号基地成功地通过了 6 发飞行试验考核，随后结束了 300 发动机研制工作。

300 发动机是四分院的"头生子"，也是我国的第一个复合推进剂固体火箭发动机。

尽管它是试验型的，但它的研制成功仍然具有里程碑式的意义。它的研制成功，标志着我国已经掌握了研制现代固体发动机的基本技术，具备了进一步发展的基础。

1965 年 8 月，杨南生他们根据国防部五院召开的固体发动机和推进剂 10 年规划会议所制定的目标，继 300 发动机之后，开展了直径 770 毫米发动机，即我国第一个实用型复合推进剂固体发动机的研制。

当时，四分院刚从四川泸州搬迁到内蒙古基地。所谓的基地，当时只是在一片黄沙中横卧着的几处空壳厂房，再加几栋单身宿舍楼和一个用芦席搭成的食堂，而生产条件只有一条临时装药生产线。

杨南生他们的研制工作展开后，四分院领导决定：由基地的基建队伍集中力量抢建一条大型的装药生产线和一座 50 吨试车台。

装药生产线和试车台建成后，另有其他不具备生产条件的项目，杨南生他们都尽量协调有生产条件的兄弟单位，让他们承担下了部分研制任务。

例如，发动机壳体的试制，就是在沈阳——一厂和

北京二一一厂进行的。

至于四分院基地的生活条件，就更不堪言了。例如，住在基地的科研人员，集体宿舍楼就是大家吃饭睡觉、办公学习、设计绘图的"综合楼"。

因为房舍有限，另有一部分科研人员就不得不分散借住在基地周边10至20公里的农户家里了。因此，每天上下班，他们都得顶风冒雪来回奔波。

到后来，虽然有些科研人员陆续住进了基地，但房子都是"干打垒"的，冬天奇冷，夏天风沙又多，所以也没有多大改善。

而吃饭呢？几乎是一天三顿窝窝头、白水煮土豆、白水煮白菜。

但是这样的工作、生活条件并没有吓倒杨南生他们，大家没有一个叫苦，更没有一个人露出丝毫沮丧的情绪。因为，大家把所有的精力都投入到艰苦的研制工作中去了。

杨南生知道，发动机的直径从300毫米一下跨越到770毫米，不是一个简单的放大过程。

也就是说，"长征－1"号总体设计部门对770毫米发动机提出的4000千牛每秒的总冲量和系数0.88的质量比等技术指标，在当时，对于新生的固体发动机来说，无疑是一个严峻的挑战。

另外，再加上770毫米发动机的工作环境是在高空，而且还要求发动机本身作自旋稳定。

并且，总体所还要求：发动机必须在1968年底之前交付试车。也就是说，杨南生他们的研制周期还不到3年时间。

面对这些现实问题，杨南生他们不敢怠慢。随后不久，经过慎重讨论，大家一致认为：设计770毫米发动机的指导思想应该是立足现实，力求先进而不盲目追求先进。

根据这一指导思想，他们同时也确定了选择技术和材料的原则：即对于再前进一步即可掌握的技术和材料，他们力争使用。而对于虽然已有进展但离成熟还较远的技术和材料，不盲目使用。

1967年底，发动机设计图出来后，杨南生他们立即投入生产试制。由于当时政治的原因，生产秩序日渐混乱，这无疑是对本来就异常困难的试制工作雪上加霜。

杨南生他们既要克服生活上的困难，又要解决技术上的难题，还要排除秩序混乱的干扰，因此，试制工作每展开一步都得付出巨大的努力。

例如，沈阳一一一厂和北京二一一厂协作试制发动机壳体时，因钢硬度大、焊接性差，遇到了很大的困难。四分院派出的协作小分队和厂里的工人及技术人员付出了很多心血，才攻克了这道难关。

为了保持试制进度，科研人员就搬到生产厂区域去现场办公，吃住在那里。

杨南生每天骑一辆半旧的自行车，在相距几公里的设计所、装药厂、试验站间奔波。

过度的劳累，使他得了坐骨神经痛的毛病，但他坚持着用一条腿蹬着自行车到生产现场。痛得实在无法站起来了，大伙只好把他背下楼，让他躺在汽车里，把他送到试验站去。

公共汽车停运了，他们就骑上自行车在各所之间来回奔波。由于秩序混乱，作业场所常常空无一人，每当遇到这种情况，他们就得顶着各种干扰，挨门挨户去动员工人上岗，努力把研制工作进行下去。

而与此同时进行的试车基础设施准备，如高空模拟设备和旋转模拟设备的建设、提高测试精度的研究等，也在这样的局面下艰难地进行着。

在此期间，杨南生他们还要攻克一个极其重要的技术难题，即装药裂纹的问题。这个问题在 300 发动机中就出现过，而在新建成的大型装药生产线上，进行 770 发动机壳体装药时又出现了。

装药裂纹是不允许出现的问题，一旦出现就必须设法解决。根据杨南生他们以往的经验，灌浆处理是一个补救办法，但不是一个能从根本解决问题的办法。

最后，杨南生他们借用黏弹力学理论，分析了装药产生裂纹的内在原因，才逐渐解开了其中的谜团。

他们发现，复合推进剂在慢速变形下的延伸率低于某个值时，便适应不了装药固化降温过程中所产生的热应力，这样就导致装药裂纹。

这个发现，使杨南生他们对于复合推进剂黏弹性质的认识又深化了一步。据此，他们在装药工序中，增加了控制高温慢速拉伸下的延伸率这样一项性能指标，从而在根本上解决了装药裂纹的问题。

就这样，第一台 770 毫米厚壁发动机，终于在 1967 年底试制出来了。

1968 年 1 月 26 日，由于标准的卧式旋转试车设施还未建成，杨南生他们便在一个简易的立式旋转试车台上进行了旋转试车。

试车的这一天，是四分院一个难忘的日子。当时，发动机头上脚下，即尾部朝天竖立在立式试车台上，在发动机壳体的周围捆绑着 10 个矢量小火箭，是用来使发动机产生旋转的。

试车点火指令发出后，只见一条耀眼的"火龙"冲向天空，火箭发出的吼声震耳欲聋。现场所有的测试人员都兴奋不已。

然而，试车进行到 30 秒时，只见试车台底部冒出一股浓火，紧接着，发动机带着一身烈火飞离了试车台，径直坠落在地上，并在试车台周围连滚带跳，足足持续了 2 分多钟，受伤的发动机才安静下来。

试车失败了，大家的心情都非常沉重。

随后，杨南生他们认真地分析了失败的原因，大家发现：由于发动机的旋转使它的头部沉积了过量的燃烧渣，结果导致头部壳体过热而被烧穿了，燃烧渣便从穿孔的地方向外喷射，把发动机推离了试车台。

针对这一原因，他们决定对发动机壳体绝热层设计进行修改。

此后，杨南生他们按照改进后的方案又试制了两台发动机，并分别于1968年7月和11月，在修复的立式试车台上进行了试车。

在攻坚战中，发动机的主任设计师赵殿礼的妻子去世了。领导和同事们前来吊唁时，他们惊奇地发现，这位老专家正面对妻子的遗像，聚精会神地审查着一叠技术报告单。他说："妻子走了，我比谁都悲伤，只有尽快攻克难关，才能告慰她的在天之灵。"

当天下午，赵殿礼就和大家一起分析试验受挫的原因，直至深夜才结束。

大家劝他休息几天，他说："待在家里心里更不好受，还是让我上班吧！"

7月的这次试车，发动机全程工作正常，运行时间达41.8秒，遗憾的是因试车台线路故障，致使发动机没有旋转起来。

接下来11月的试车，获得了圆满成功。但结果分析表明，燃烧渣的沉积量仍然有些偏高，这意味着：发动机还是隐藏着一定的危险性，还需要改进。

为此，杨南生他们对推进剂的配方进行了调整：即在确保燃烧稳定性的前提下，适当降低了铝粉含量。

同时，他们还与总体部门作了协调，把发动机的旋转速度减少到每分钟 180 转。

就这样，改进后的发动机，在随后的多次试车中表明，这样的调整是正确的。

随后，在 1968 年底，固体发动机的点火高空系统的可靠性，在八院的协助下，也通过探空火箭得到了证实。

1969 年初，杨南生他们便开始了发动机实机的研制。这虽然与总体部门规定的进行全箭合练试验的时间进度相吻合，但仍旧是显得十分紧迫。

而且，众所周知，1969 年的生产秩序更加混乱。所以，这一年也是杨南生他们最紧张、最艰难的一年。

不过，因为他们已有了前面的成果，大家的信心就更足了。就这样，大家合力排除干扰，硬是在这一年里试制、试验了包括卧式旋转和高空模拟试车在内的 15 台发动机。

同年 9 月，杨南生他们如期给总体部门提供了 3 台发动机，并参加了"长征 - 1"号全箭的联合试车。结果表明：3 台发动机的性能，完全满足总体设计的要求。

1970 年初，又补充进行了一次高空模拟旋转试车，同样获得圆满成功，即为生产交付状态的发动机，奠定了良好基础。

在 770 发动机的整个研制过程中，一共进行了 19 次试车。

其中有 5 次是高空模拟旋转试车，19 次试车中失败的 3 次，只有部分成功的 3 次，其余 13 次都获得了圆满成功。

特别是最后 5 次试车，连续获得成功，总成功率接近 70%。

从直径 300 毫米的试验型小发动机，一步跨到直径 770 毫米的较大型实用发动机，能达到这样的成功率，四分院研制人员备受鼓舞，从而提高了大家进一步发展固体发动机的信心。

1970 年 4 月 15 日，杨南生起草的"长征－1"号火箭第三级的报告，与任新民起草的第一、二级报告和戚发轫起草的卫星部分的报告，被一起呈送到周恩来总理的案头。党中央很快批准了这份不寻常的报告。

随后，经过再度改进的实样 770 发动机，如期装上了"长征－1"号运载火箭。

解决二级火箭高空点火问题

在"长征－1"号的研制过程中，有许多需要解决的新技术问题。就液体火箭发动机来讲，首先需要解决的是二级发动机的高空点火问题。

这个课题，是由张贵田主持研制完成的。

张贵田，1931年12月20日生于河北省藁城县。张贵田是留苏的学生，在苏联莫斯科航空学院专门学习过液体火箭发动机技术。他是我国50年代从中学生中选拔出来的为数不多的直接送往苏联学习的优秀学生。

五年半的留学生涯结束后，他被分配到国防部第五院，结识了任新民，他深得这位资深火箭发动机专家的赏识。

1961年，他参加了我国第一台自行设计的液体火箭发动机的研制工作，在国内率先提出用液相分区方法解决发动机不稳定燃烧的世界性难题，为我国运载火箭发动机的研制开辟了道路。

1967年11月，"长征－1"号开始研制后，年纪轻轻的张贵田担任了发动机副主任设计师，主持二级火箭发动机的研制工作。

二级发动机的问题，特别是如何解决二级发动机高空点火问题，成了当时攻关的关键。

要知道，二级发动机不同于在地面启动的一级火箭发动机，它是要在 60 公里以上的高空点火启动。

而在这样的高空环境，空气极其稀薄，压力也比较低，因此，发动机只能采用自燃式推进剂，也就是让氧化剂和燃料自主混合自燃后，产生推力。

然而，由于高空环境的外界压力条件变了，氧化剂和燃料本身的分子物化以后，契合力也就比在地面正常情况下要弱一些，自燃也就延后一些。

自燃点火时间的延后，势必给火箭带来一系列的弊端甚至危险。比如，如果点火不及时，发动机内就会积存很多的液体，液体积存多了就会产生爆燃，甚至引发爆炸。

为了解决这个问题，任新民、张贵田他们进行了长达半年时间的单项推进剂试验。

在这之前，十一所从来没有做过这类试验，所以他们根本就没有相关的试验设备。

因此，张贵田他们首先赶制了自行设计的推进剂试验设备，并在三分院所在地进行了小型模拟试验。

由于时间仓促，可参考的资料又基本上是来自苏联方面的，残缺不全，致使自行设计的试验设备比较落后，在一定程度上影响了推进剂模拟试验的准确性。

为了避免发动机推进剂在真空条件下燃烧不好，任新民、张贵田他们提出来，要保证发动机里始终保持相当于地面一个大气压的状态。

由于发动机的试验都是在地面进行的，在地面条件下，正常状态并不代表在真空条件下的状态，但如果把推力室后部堵死，使它内部本身就保持着地面一个大气压状态，并将这种状态携带上天。

这样，即使箭体进入真空，发动机的工作环境也没有变化，如同在地面一样，从而可以保证发动机正常工作。

有人认为，这实际上是在准确掌握了推进剂延滞期的基础上，为发动机在真空中正常工作再加上一道保险。

然而，所有的一切只是假设，全部都需要用试验来检验。问题严重而棘手。张贵田他们想：该怎么办呢？

在发达国家，为进行这类研究试验，要专门建设模拟高空环境的试车台，这类试车台设备庞大复杂，自动化程度高，造价昂贵。

由于各种条件所限，我国不能照搬那一套，只能谋求新的解决办法，张贵田他们踏上了独辟蹊径的艰难之路。

1968 年底，经过紧张的试制，第一个大喷管终于生产出来了。

当时，玻璃钢大喷管的设计所在南苑，而生产厂却在长城外康庄附近的二五一厂，两地相距 60 多公里。

为解决生产设计的衔接问题，张贵田他们风雨不误，不停地在两地来回奔波。

长城胜景，驰誉中外。数年来，他们路过不知道有多少次，都没心思去观赏。

那时，康庄的路并非"康庄大道"，而一路卵石"麻脸"窄路。乘不上火车的时候，他们就走老远赶乘长途汽车。

拉成品的时候，瘦弱的张贵田因为屁股受不了大卡车的强烈颠簸和蹭磨，只好一路站立着回设计所。

无数个风风雨雨的日日夜夜过去了，大家的脸又瘦了一圈。

失败、改进，再失败、再改进，就这样，燃烧室大喷管玻璃钢喷管日见成型了。

最后几天，张贵田他们和工厂的工人师傅们一起，用浸过树脂的玻璃布在大喷管的模胎上层层缠绕，再经过高温固化、铣车加工、金属法兰盘与非金属连接，又在内壁外层贴上蜂窝、缠加强层等。

一道道工序完成后，理想的玻璃钢大喷管，终于在大家的汗水浸泡下诞生了。

最后，玻璃钢大喷管如期地安装在了"长征－1"号的二级火箭发动机燃烧室上。

"长征-1"号地面试验成功

1966年6月下旬的一天，在七机部第一研究院火箭发动机研究所的试验大厅，"长征-1"号火箭滑行段喷管控制的仿真试验正在紧张进行。

"长征-1"号运载火箭，在第二级火箭燃烧剂燃烧完之后至第三级火箭点燃之前，有200多秒的滑行飞行段。

就在这200多秒的时间内，需要进行姿态控制，消除滑行的干扰，以便为第三级火箭发动机点火建立必需的姿态条件。

为解决滑行段喷管控制问题，必须进行滑行段晃动半实物仿真试验。可是，在试验中出现了异常现象：滑行段的晃动幅值有几十米之大，这势必影响第三级火箭点火进入预定轨道。

在试验现场，专家们陷入沉思，但是，苦于找不到克服晃动的办法。

这时，钱学森赶来了。当他详细观察了试验过程以后，随即组织参加试验的专家们进行分析、讨论。他认真地听取了大家的发言，然后从容镇定地说道："不要紧的，这种现象是在近乎失重状态下产生的，因此，原晃动模型已不成立。要知道，这时候的流体已呈粉末状态，晃动力很小，不会影响飞行。"

钱学森一番精辟的分析，使在场的专家们茅塞顿开，大伙的心顿时变得踏实了。

后来的经过多次飞行试验证明，钱学森的分析和得出的结论是正确的。

1968 年冬，经过三个春秋的紧张攻关，"长征－1"号火箭各系统的零组部件从祖国四面八方几乎是同时运往火箭生产总厂。

1969 年初，在"长征－1"号的总装过程中，任新民让谢光选负责带队检查整流罩研制情况。因为，整流罩包罗体积大，要求平行分离，分离速度要大于或等于每秒 5.5 米。

按照设计要求：采用爆破螺栓解锁，在火药作用下实施两个半罩分离。

由于开始设计时把两个半罩看成是刚体，按照刚性体进行计算，使用火药量过小，获得分离速度不够，多次试验达不到分离速度要求。

实际上整流罩是一个弹性体，弹性体容易变形，会吸收很多火药的能量，使分离的能量大为减少。

为了满足分离速度的要求，谢光选他们一方面采取了成倍加大火药量的方法，另一方面也强化了整流罩的刚度。

因此，整流罩部分结构采用了刚度大的钢铁组合件代替原来的铝组件，使火药能量传递到两个半罩，实施快速分离，满足了每秒 5.5 米分离速度的要求。

另外，谢光选他们还组织研究了滑行段推进剂晃动的控制问题。滑行段推进剂箱内有剩余的液体，它的晃动按失重场推导出来的公式来计算水锤的大小。

通常，液体晃动波可达到推进箱顶，晃动太大，那么相应的喷射氮气的简易姿态控制能力，是否能克服晃动引起的水锤作用呢？大家讨论时，众说纷纭。

谢光选他们经研究后认为，"长征－1"号火箭滑行段轨道的离心力不等于地球质量的吸引力，火箭不是处在真正的失重场。

所以，液体波高到一定的程度，出现浪花，吸收很大能量，"长征－1"号火箭滑行段液体波不会升到箱顶。

在大多数人统一思想后，谢光选他们在箱底附近增加了一个大阻尼板，以减少晃动。

这件事请示了钱学森后，钱学森也表示同意。后来，飞行遥测证明，"长征－1"号火箭滑行段飞行是稳定的，没有受到液体推进剂的影响。

经过艰苦的努力，后来远程火箭飞行试验成功，证明设计方案是合理的。

液体火箭推进剂的试验取得成功后，任新民又派谢光选去了解固体火箭的研究情况。

2 月 9 日下午，谢光选乘火车赴呼和浩特，次日见到了杨南生等人，得知 10 次固体火箭试车 9 次成功、1 次失败。失败故障分析有理有据，采取的措施针对性强，以后试车情况都良好。

10 日上午，谢光选返回北京，将固体火箭的研究情况报告了钱学森和任新民。

2 月 18 日晚，国防科委副主任罗舜初召开了会议研究"六五一"工程进展情况。会议讨论了以下几个问题：

第一，运载火箭是否要发射一次模拟星，成功后再发射东方红卫星。按周总理 16 字方针再动员广大科研人员进行"质量复查和故障预想"，如未提出问题，按原计划进行。

第二，讨论了"过载开关"的问题。运载火箭一、二级已经过远程导弹飞行试验，方案是可行的。

可是，如果火箭滑行段和三级固体火箭出现故障，卫星坠落，触及大气层，会产生很大过载，卫星上的过载开关会切断播放《东方红》的乐曲。这样可以避免卫星唱着《东方红》乐曲坠落的不良后果。

第三，火箭发射的方位角问题。根据计算，"长征 - 1"号利用三级火箭的连续加速，将"东方红 - 1"号卫星送上预定轨道是没有问题的。

剩下的问题是，火箭发射的方位，以及一、二级火箭脱落后的降落地点，以及如何避免引起国际纠纷等问题。而这些问题的解决，要完全依靠精确的计算。

于是，会议结束后不久，"长征 - 1"号运载火箭的轨道设计师们，钻进计算机房里开始了紧张的运算工作。

每设定一个方案，在他们手里都经过了千次的运算，最后经过比较，大家终于选定了一个最佳方案，那就是：

　　火箭发射方位应定在偏南70度，这样便可以使全球各大洲的人都能看得见"东方红－1"号的飞行。

　　同时，火箭沿着这个角度形成的轨道飞行，第一级火箭工作完毕后，其空壳可以坠落到我国甘肃省境内。

　　第二级火箭的空壳可以坠落入南中国海。第三级火箭的空壳则在广西北部上空与卫星一起进入运行轨道。因此，不会引起国际纠纷。

1969年6月，我国第一枚"长征－1"号运载火箭总装完毕，经测试后运往地面试验站，将要进入地面试车阶段。

按程序，这枚运载火箭在发射卫星之前，要进行一级和二级、二级单试、二级和三级、三级单试，共4次火箭发动机点火和全推力状态下的试车，以考核各系统的协调性。

1969年7月25日，周恩来在中南海西花厅召集有关专家研讨"长征－1"号运载火箭的生产、装配、试车的情况。

会议决定：

由钱学森全权处理有关一院火箭试车事宜，并要求一院有关领导把参加"长征－1"号火箭研制工作的29个单位和3000多名工作人员的花名册报总理办公室存查，以便设法保护这些科技工作者。

同时，周恩来果断地发出指示：

要求所有参加这一工作人员，都要坚守岗位，并服从钱学森的统一指挥。

会后，中央专委为"长征－1"号关键的短线项目开具特别公函，公函申明："长征－1"号的相关研制，不管到全国哪里求援都能畅通无阻。因此，最大限度地保证了火箭研制工作的顺利进行。

随即，钱学森临危受命，他义无反顾地驱车前往试验场主持试验。他把有关人员召集到一起，郑重地告诫大家说：

今天，我是奉周总理之命来主持点火试验的。

在当前，尽快把我国第一颗人造卫星发射上去，让全世界人民看到中国制造的卫星，听到《东方红》的乐曲，就是党中央、毛主席交给我们的压倒一切的政治任务。

你们任何人，都要服从这个政治任务！如果技术上有不同意见，欢迎大家提出来，咱们当场研究解决。

如果不是技术方面的问题，那就暂时放一放。火箭试车要立即进行，一天也不能拖了。

从 1969 年 5 月 11 日起，到 5 月 19 日 12 时 30 分止，经过八天八夜的连续奋战，完成了火箭一、二级试车。

6 月 4 日，火箭第二级试车成功。8 月 22 日到 9 月 6 日，火箭的二级、三级和三级单试车分别获得成功。

就这样，在一个月以后，"长征－1"号运载火箭预定的 4 次试车顺利结束，取得了满意的效果。

第一次发射两级火箭

1969 年 3 月 18 日，由总设计师任新民率队随合练使用的火箭一起来到了发射场。

从 4 月 8 日起，基地与航天部试验队进行了 80 多天的合练工作。

合练期间，担任试验队队长的任新民仍一如既往，与广大科技人员、工人同吃、同住、同工作。试验队住的全是平房，晚上去厕所要走几十米，塞北寒冬的夜晚一般都在零下 30 度以下，有时要达到零下 40 度。

基地领导让任新民住到楼里去，他执意不肯，他的理由很简单，他说：

"我还没有老到那种程度，和大家住在一起研究问题、讨论问题方便。"

可他毕竟是五十四五岁的人了，有一次患了重感冒，昏迷中被送进了试验部队的医院，一量体温已近 40 度，医生们都很紧张，经过输液，第二天高烧退了，任新民觉得浑身轻快多了，他立即要求出院，说：

"现在导弹的测试工作正处于紧张的阶段，把我关在医院里，没病也得急出病来。"

医生和同事们极力劝阻并与他争执。可大家都了解这位犟老头儿，他说出口的事情，如果别人没有说服他的过硬的理由，他是不会改变的。

医生们没有办法，只好同意他带些药返回试验队。正是由于他和全体参试人员精心组织、精心测试、精心操作，飞行试验分别于 1968 年 12 月 18 日和 1969 年 1 月 4 日获得圆满成功。

通过这次合练，既很好地完成了火箭与发射系统的协调工作，同时，对发射指挥员和操纵人员也是一个很好的锻炼。

合练结束后，供预期飞行试验的中远程两级导弹火箭，又开始了试飞前的准备。

1969 年 8 月 27 日，第一枚供预期飞行试验用的中远程两级导弹火箭，竖立在酒泉基地的发射架上。

这是我国首次进行中远程导弹火箭短射程方案性试验，也是一次极为重要的试验。

这种导弹的火箭将作为“长征－1”号运载火箭的第一和第二级，用来发射“东方红－1”号卫星。

9 月初，火箭开始通电，进行垂直测试。但是，问题很快出现了。出厂前测试的时候，原本还好好的陀螺仪突然一下子“失明”了。

大家查来查去，查了 20 多天，也没有查出毛病到底出在什么地方。所以，任新民他们只好报告北京的国防科委，请求他们派员协助解决。

9 月 26 日深夜，钱学森专程赶到酒泉基地现场。钱学森仔细地观看了在真空箱中复现故障的试验。

看着看着，他突然笑了起来，说："嘿！同志们，是没有憋住气呢！"

原来，火箭试车后，在加强仪表刚度时，设计人员不小心，顺手把系统出口处的"定压活门"给撤掉了。

火箭来到海拔较高的发射场后，由于外界气压低，陀螺仪表未节流，因而一下子便乱了套。

陀螺仪的问题解决后，飞行试验的准备工作继续往下进行。

11月15日，即临近发射的头一天，周恩来派专机把任新民和几位主要设计人员从发射场接回北京听取情况汇报，详细询问了发射场的有关情况和可能发生的问题。

周恩来之所以如此重视这次试验，一方面是因为，这次发射试验是发射"东方红－1"号卫星计划的重要一环，试验成功与否，直接关系到该计划的成败。

另一方面则是因为，出于对这次飞行试验的安全考虑。

要知道，这枚导弹的全射程是5000公里，如果从酒泉基地按照正常弹道发射，就会落在苏联境内，因而才采取了短射程方案进行试验。

按照这种方案，在一切正常的情况下，导弹不会飞出国境。而且，火箭上装有超程式控制器，一旦火箭超程飞行，不按规定时间关机时，控制器就会发出信号，使火箭在空中自毁。

另外，即使火箭发生故障，控制器不能正常工作时，地面的操控人员也可以发出指令将火箭炸毁。

然而，不怕一万，就怕万一。因此，历来以作风细腻、部署周密著称的周恩来，反复叮嘱任新民他们说：

> 这次发射非同寻常，以往我们的试验不论成功或是失败，都是在自己的国土上进行的，这次可不一样啊！

周恩来听完汇报后，详细询问了发射场的有关情况和可能发生的问题，尔后又和专家们一块蹲在地板上，仔细审阅了航区地图，直到将有关情况与问题一一了解查实清楚后，才让专家们返回发射场。

11 月 16 日 18 时，中远程火箭准时点火起飞。

紧接着，调度室传来各测量站的报告："发现目标""跟踪正常""飞行正常"。

在现场的钱学森、任新民等人都清楚地看到，靶场的西南方向有一团绽开的白色云朵，四周的云彩都在翻涌。

这是我国第一次发射两级导弹火箭，包括钱学森在内，之前谁也没有真正看见过火箭一级和二级在空中分离时的状态。

因而，大家把那一朵绽开的白色云朵误以为是二级分离的壳体了。钱学森兴奋地指着那朵白云说："看见了吧，这就是二级分离！"

顿时，靶场上一片欢腾，大家都以为发射试验获得了成功。然而，非正式参加试验的"154 系统"显示的结果却正相反。

"154 系统"一期工程，本来是专为中远程导弹试验而研制的，但由于临近试验时有些设备还没有完全调试好，因而，科研人员决定非正式参加这次试验。

基地要求他们：只允许跟踪演练，不允许发布任何指令。

当时，技术人员何荣成赶紧指着图板向坐在旁边的航测处潘培泰科长说："你看，落点已经不动，导弹可能出故障了，要不要向指挥所报告？"

潘培泰说："我们不是正式参试单位，不能从调度里报告。"说着，他抓起另外一部电话，向基地的一位参谋长报告了他们发现的异常情况。

对方没有重视他们这个非正式参试单位的发现，也没有详细询问，只是回答说："火箭不是还在天上飞吗，怎么会不动了呢？"

试验刚一结束，疑虑重重的何荣成就给在发射阵地参加任务的一位老同学打电话说："怎么样，任务完成得如何？"

这位老同学又告诉何荣成说："试飞任务已顺利完成。现在各单位敲锣打鼓的队伍正向发射阵地走来，看样子是要在这里开庆祝会。"

钱学森和李福泽回到基地机关后，随即向落区测量站询问情况。落区参谋人员报告说："怎么回事？我们这里直到现在全站没有一个人发现火箭的目标！"

在以往，只要弹头一进入落区上空，凭肉眼就能立即发现目标。弹头一着地，炸起一大片沙尘，形成一个烟柱体，通过设备一看烟柱起来，再经过数据一交汇，马上就可以算出导弹落点的位置，前后不到 10 分钟就会打电话告诉首区导弹落在了什么地方。

而今天，40 分钟了竟没有一个人发现目标。问题严重了！李福泽顿时急得脸色发紫。

可是导弹到底飞到哪里去了呢？从司令员李福泽到下边的工作人员，都十分紧张。

每个人心里都清楚：火箭的下落不外乎三种可能：第一，飞偏到什么地方了！第二，中途掉下来了！第三，超程打到苏联境内去了。大家自然最担心的就是：打到苏联境内。

要知道，在当时，"珍宝岛事件"刚发生不久，中苏关系非常紧张，如果真是打到了苏联境内，轻则是外交事故，重则后果不堪设想。这也正是周恩来事先反复叮咛，最为担心的。

在初步了解了其他系统的情况后，李福泽迅速向北京报告了情况，并召集参试单位带上有关资料到基地司令部参加紧急会议，分析火箭的确切去向。

非正式参试单位"154"站也被通知参加会议，这大概与潘培泰那个电话有关系。

研究过程

接着，周恩来从北京接连打了 3 次电话，询问火箭到底掉在什么地方了。他显然非常着急，但他知道国防科委和基地同样着急，因此，在催促赶紧找到火箭下落的同时，又安慰李福泽他们说：

"你们抓紧时间把火箭落点找出来。不要太紧张，万一真打到国外了，我也已经做好了去莫斯科说明情况的准备。请务必尽快找到这枚火箭。"

"154 系统"的何荣成、李肇基、潘培泰等人赶到基地会议室时，已经是 22 时多了。

屋里挤满了人，都是基地的部长、处长、科长、各站的站长，气氛十分紧张。大家全都站着，只有李福泽一人坐在那里，闷头抽烟。

钱学森进来后，何荣成便把他们通过"154 系统"观测到的情况详细作了汇报，然后十分肯定地说："火箭应该是在一级关机点火时出了故障，落在了离发射阵地大约 680 公里的射向上，我们认为没有飞出国境。"

听了何荣成的判断后，大家的目光都转向钱学森。钱学森与何荣成讨论了大约半小时，最后轻轻点了一下头，认可了他的判断。

会议室的紧张气氛立刻轻松下来。李福泽见钱学森点了头，便让何荣成把汇报的情况写下来，然后走出会议室给北京打电话去了。

经过对遥测和外测数据的反复分析讨论，大家初步认定了：应该是火箭发动机喷管内壁撕裂这一故障，导致了这次发射的失败。

但据此就给发动机做"终审判决"，似乎还为时过早。因为，旁证和物证都不充分，这只是根据有限的遥测和外测数据的分析和推论，并无真凭实据。

为了找到"物证"，找到确切的故障原因，试验队领导决定：由任新民带领 7 人勘测小组，赴落区搜集残骸，查找"物证"。尚增雨作为这个小组的成员之一随队前往。

随后，他们乘伊尔－12 运输机由某试验基地出发，途经马兰，作短暂的停留后，越过浩瀚的塔克拉玛干大沙漠，于当日傍晚，到达试验基地七站驻地。

次日凌晨，他们与基地航测部同志一起乘直升机直飞落区指挥部。

研究过程

搜索两级火箭弹体残骸

火箭落区是在深入到沙漠 100 多公里的马扎山附近，虽然名字叫山，实际上既没有土石也没有树林，展现在任新民他们眼前的，只是一个一个的大沙堆。

飞机到达马扎山附近的一条半干涸的小河旁边后，任新民他们终于到达落区指挥部。

原来，所谓的"落区指挥部"，只不过是一两顶军用帐篷而已。再仔细一看，还发现一些高出地面不到一米的地窨子，这就是全体落区工作人员的住房。

住在地窨子里虽说不太冷，可是窨子顶上却不断往下淌沙子。所以说，在基地，大家的床单是铺在身下用的，而在这里，床单却挂在"半空中"。

在地窨里吃饭就更有意思了，谁的饭碗也不敢"暴露在空中"，大家都是一个姿势，低着头，弓着腰，用上身遮挡饭碗，以防"沙尘的空袭"。

随后，任新民他们听取了七站领导就前两天搜索情况的介绍，并决定马上进行空中搜索。并当即和基地的一位同志，乘直升机去搜索。

飞机沿着火箭飞行弹道方向左右盘旋飞行，他们趴在直升机前下方一个玻璃窗上，目不转睛地观察地面情况，唯恐漏掉要搜索的目标。

就这样，经过大半天的搜索，虽然发现了一些可疑的目标，但是无法确定哪是发动机的残骸。怎么办呢？

情况很明显，要找到火箭发动机残骸，获得第一手的故障分析资料，只有深入到沙漠里去，实地勘察、搜索，正所谓"不入虎穴，焉得虎子"。

接着，任新民与七站领导商定：决定派搜索队进入沙漠深处，进行实地搜索。搜索队大约由40人组成，由七站的一位负责人带队，试验队除任新民外，其余人全部随队前往。

搜索队的战士们随着骆驼队步行进入沙漠，而尚增雨他们和基地航测部等单位的人员，稍后乘直升机分批从指挥部到距预定落点前方大约60公里的一块平地下飞机，和骆驼队会合。

然后，大家沿火箭飞行弹道方向，朝火箭残骸散落区域徒步搜索前进。

为了轻装上阵，搜索队员除了身上穿的衣服外，每人只带两个军用水壶和一个军用挎包。军用挎包用来装干粮，吃饭的用具就是一双竹筷和一个罐头筒，全队配备三至四匹骆驼，为队员驮着宿营用的帐篷和必要的物品。而大数量的食品和饮用水，当时是冰块，都由飞机空投给他们。

搜索时，每三四人为一个小组，全队排成横队平行向前推进。小组的人不得分开，组与组之间要随时相互照应，以免走散或迷路。同时，每天几次由飞机为搜索

队校准前进的方向。

没有去沙漠之前，尚增雨他们总以为沙漠就是一片平坦的沙滩。到了沙漠后，大家才知道，其实不是这么回事。

沙漠并不平坦，它是一个沙丘接一个沙丘。低的沙丘有几米、十多米高，高的沙丘有几十米，甚至高达上百米的。

所以，他们在搜索的时候，实际上是在不停地爬上爬下。为了不放过任何一个角落，大家有时不得不围着沙丘打转转。

就这样，大家虽然在一刻不停地奔走，但整个队伍向前推进的速度却非常缓慢。60 公里的区域，他们搜索了 5 天。

搜索时，渴了，队员们就喝两口冷水，润润喉咙，还不敢多喝。因为，每人每天只有两军用水壶的供量。饿了，队员们就啃几口干烧饼。中午休息时，拣一些干柴，点着火，在罐头筒里加一些水和罐头煮烧饼。

天近黄昏后，大家便找一个干柴比较多的沙丘就近扎营。奔走了一天，队员们的身体实在疲惫不堪。

另一边，报务员在忙碌地与指挥所联系，汇报当天的搜索情况，并请示发射基地对下一步搜索的指示。

当时，正值隆冬季节，由于中午有太阳的照射，加上队员们不停地奔走，总是汗渍渍的，所以并不感到冷。

可是一到晚上，几十个人挤在一个单帐篷里，身下仅铺着一件薄薄的毛毡垫，身上裹一件皮大衣，就觉得冷得不行了。

前半夜，因白天的劳累还能睡得着。但是，到了后半夜，大家只觉得身子底下直冒凉气，因此，谁也无法再睡下去。

这时候，七站的员工忽然想起了维吾尔族兄弟在野外过夜的方法。于是，从第二夜开始，情况就大不一样了。

于是，在决定宿营后，大家不是先搭帐篷，而是弄来大量的干柴，生起小山包一样的"篝火"。

当大家吃完晚饭后，干柴也正好烧成通红的火炭，队员们便把这些火炭铺平，上面盖上一层薄薄的沙子，然后上面搭起帐篷，铺上毛毡垫，同样还是裹一件皮大衣，睡在上面比睡在北方的火炕上还要暖和。

搜索工作一直在不停地进行着，拾到的火箭箭体残片越来越多。而且，越往前走，残片密度越大，残片的体积也越大。然而，张贵田、尚增雨他们重点寻找的发动机残骸仍没有找到一片。

进入沙漠的第四天下午，太阳已经快要落山了，一个战士拾到一片茶杯盖大小的黑色金属残片给尚增雨他们看。

啊！这不是发动机喷管上的残片吗！大家高兴地叫了起来，都喊道："找到发动机残骸了！"并急忙找到了发动机主任设计师，请他鉴别。

主任设计师如获至宝地拿在手里反复地看着，突然说："快给任副院长发报，告诉他：我们发现了发动机的残骸！"

这几天来，任新民在指挥所里心情并不平静。虽然搜索队每天都通过电报把现场搜索的情况向指挥所汇报，但是，由于电报密码字太少，好多情况都说不清楚。

任新民也想进沙漠去找搜索队，又考虑到：一是直升机撤走了，要走路进去太远了；二是搜索队的位置不确定，不好找；三是七站的领导担心他的安全，不让他去，所以，他只好耐着性子在指挥所里坐等。

当指挥部接到发现发动机残骸的电报后，任新民再也坐不住了，不顾七站的领导再三劝阻，他决定于次日晨进沙漠找搜索队。

七站领导见他这么坚持，只好派了两名战士陪同，朝搜索队前进的方向，斜插着去了。

发现了发动机的残片，大家格外高兴，这说明发动机的大体积的残骸就在不远的某个地方。

第五天早晨，吃过早餐，大家像往常一样出发了。沿途捡到的发动机零组件的残骸越来越多了。比如：活门、自动器、涡轮泵壳等都被找到了。

将近中午的时候，一个战士突然喊道："这有一个大家伙！"

主任设计师快步跑去一看，啊！是一个单管发动机的燃烧室。

不一会儿，在附近不远处，其他几个燃烧室也相继找到了。有的燃烧室很完整，有的燃烧室喷管已没有了。散开成的一列横队的搜索人员，很快汇集到一块。

就在这时候，不知谁喊了一声："任副院长来了!"开始大家还不太相信，仔细看看，可不是吗？只见任新民手里拄着一根木棍，后面跟着两个小战士，风尘仆仆地正向搜索队员们走来。

看到这里，大家连忙跑过去把任新民搀过来，别提多高兴了，真有点像"井冈山"大会师的样子呢。

大家都为老院长能够安全和他们会师感到欣慰。

就这样，5 天的搜索结束了，任新民他们终于找到了所要的物证。尽管 5 天来，谁也没有洗过一次脸，脸上扑满了的尘土足有一两毫米厚；但是，谁也掩盖不了他们发自内心的喜悦。

第二次试验两级火箭

随后，发动机残骸被运回了酒泉发射基地。经过任新民他们的认真分析，第一、第二级中远程火箭飞行失败的原因很快就被找到了。

原来是由于第二级火箭控制系统的程序配电器中途发生了故障，导致二级未能点火而自毁坠落。

后来，任新民回忆说：

这枚火箭飞行失败，并非偶然。从一开始，二级远程火箭的质量就很不稳定，尤其是电器部件毛病最多。

之所以出现这种情况，原因主要有两方面。一方面，中远程导弹控制系统的电器件基本上趋型化，把过去的大接头改成了小接头，插接件都缩小了好几倍。

这种工艺上的改进是为了减轻导弹本身的重量，但是，插件小型化以后质量都没有过关，很不稳定，有些插接件、导线、接头等根本就不合格。

另一方面，中远程导弹的研制正赶上1969年的特殊年代，生产管理制度遭到了严重破坏，生产环境也非常混乱，再加上生产研制本身就不太过关，很多部不吻合，不配套。所以，这次失败似乎也是个必然。

当时，任新民是"长征－1"号火箭的总设计师，他的工作重心本来是液体火箭发动机，他对这个研制可谓是倾注了全部心血。

但是，在当时混乱的情况下，任新民也不得不把全部精力都用在一大堆中远程导弹火箭的电路图上，每天晚上都研究到深夜。

有人曾经问过他："你在打二级火箭时，在靶场上最苦的是什么?"

任新民回答说："就是火箭在测试中，电器、电路控制系统毛病最多，拿下这一关不容易。"

为了使队伍得以休整，利于再战，任新民与有关领导商定，试验队返回北京过春节。任新民之所以作出这样一个决定，他是另有所思的。

在以往的技术厂房测试中，地面和箭上电缆布线混乱，脱插中的多余物和接触不良的现象屡见不鲜，严重地影响了测试的进度与质量，这问题无论如何解决，人都要休整，厂房设施设备也得休整。

因此，他事先同试验部队的领导进行了协商，在北京没住几天，就提前一周带领几位有关的科技人员返回了发射场。

在有关人员的配合下，任新民亲自动手，将测试厂房的明、暗电缆进行彻底的清理和打扫，对所有的脱落插座、插头都一一拨开，进行清除和重插。等试验队大批人员返回时，测试现场已焕然一新。这样最大限度地保证了发射的成功。

1970 年 1 月 30 日，第二发两级中远程火箭再次竖立在高大的发射架上。

根据试验弹的发射情况及发动机过去出现过的一些问题，尽管任新民他们在发动机出厂前，就进行过一次又一次的认真细致的检查，做到了确保万无一失，但是，大家还是提心吊胆的。

他们昼夜奋战，穿梭在发射塔架上，对每一个系统、部件都查了再查，甚至连别的技术人员进发动机舱装测仪器，任新民他们都要陪伴进去，很怕人家拉扯碰坏了发动机管线。

二月的戈壁滩，天气酷冷，狂风呼啸，把塔架摇晃得嗡嗡作响。他们站在塔架上，即使穿着皮大衣，也冷得直发抖。

就这样，经过两个月的艰苦工作，发射前的一切准备工作终于就绪了，而任新民他们的心，却仍悬在那高高的发射塔架上！

"长征－1"号能不能把"东方红－1"号送上太空，当初确定的"上得去"任务能不能完成，关键就在此一举了，大家深知问题的严重性。

戈壁滩上寒风刺骨，观看发射的人群全都站在空旷的露天地上，焦急地等待着试验结果，尽管寒风吹着他们，但大家早已忘记了寒冷。

"点火"令下达后，导弹在烈火的托举下，呼啸着拔地而起，越飞越高，越飞越远。

此时，钱学森、任新民以及所有的人，最为关注、最为担心的依然是两级火箭能否正常分离，这也是当时判断试验成功与否的标志。

突然，在天空爆出一个火团，云烟散去后两个黑点清晰可见，两级火箭分离成功。片刻，落区又传来消息：

导弹高精度击中目标。

发射场上一片欢呼。这次发射成功，众人欣喜若狂，因为盼望已久的"东方红－1"号卫星终于可以使用该火箭发射了。

从监测数据看，这次二级发动机高空点火、启动、关机等环节的工作情况正常。为保证我国第一颗卫星上天的万无一失，进一步掌握二级发动机上天工作情况的第一手资料，必须再次找回试验弹发动机残骸，以便分析评价其可靠性。

张贵田找到任新民，主动请缨去大漠落点找残骸。任新民沉默了一会儿说："春节快到了，你真去呀？那地方可苦呀！"

张贵田说:"我不怕,我只想看看上天工作过的产品情况,以便将来定型改进好有针对性。"

任新民点点头,同意了。当时,正值新春佳节之际,正是普天同庆、合家团聚的时刻。张贵田和任吉杰、李香保等人,一路风尘地于大年三十辗转到了陌生的酒泉。

到了酒泉机场,才知道春节飞机停飞,要到初二才有飞往乌鲁木齐的航班。待在招待所,他们坐卧不安,因为他们担心耽搁久了,残骸会被风沙埋掉。

枯寂的等待中,一股浓浓的佳节思亲之情,悄然袭上心头,张贵田思念起了独撑家庭重担的妻子和三岁多的小女儿。

总算盼到初二,他们飞到了乌鲁木齐,接着下南疆到和田,一路心急如焚,张贵田的嘴角起满了"燎泡"。

这也是张贵田他们第一次到沙漠,见到沙漠后,他们才想起了西部人常挂在嘴边的几句顺口溜:

"天上没有鸟,地上不长草,沙飞天地暗,风吹沙石跑。"这正是大漠戈壁的真实写照!

初七,他们从和田踏上了通往民丰落点的道路。沙石路上,尘沙飞扬,他们坐着六轮军用大卡车一路奔驰,感觉到五脏六腑都快要被颠出来了。

渴了,张贵田他们就拿出水壶,抿一口润润嗓子,饿了,就把大米和军用豆角罐头和在一起煮煮,胡乱填饱肚子。

日落时分,他们才赶到民丰落点临时驻地。满身的尘沙，浑身的疲劳，大家本来打算好好洗洗，谁料到，那里的"水贵如油"啊，所以，他们只好简单擦了把手、脸，吃点东西，倒在大通铺上就睡着了。

第二天，天还没亮，部队的起床号便把他们吵醒了，醒来后，大家才感觉到浑身酸。当时，夜色正浓，漆黑一片。他们10多个人骑上骆驼，在维吾尔族向导的带领下，开始向沙海进军。

天渐渐亮了，他们相距十多米，"一"字排开，开始了"沙海捞针"的工作。前面已经提到过，人在沙漠中行走不同在陆地上，因流沙后移，每跨一大步，都要后退半步，腿肚子一拉一紧，要不了多久，坐惯办公室的张贵田他们就腿肚酸疼僵硬了。

沙海波浪相拥，绵延无际，没有任何生命，听不到任何声音，只有夹在沙丘间的那块青天，在单调地衬托一种透彻肌肤的死一般的寂静。

就这样，他们一会儿爬上沙丘，一会儿又跌进谷底，不停地向前"梳"、向前搜。一个小时过去了，又一个小时过去了。太阳爬到了眼前，太阳又攀上了头顶。

12时左右，他们终于发现"宝贝"了。大家雀跃欢呼着，连滚带爬地奔过去。

出现在他们眼前的，是二级发动机燃烧室和机架。它静静地卧在沙丘上，光溜溜的，像个顽皮的熟睡的胖宝宝。

他们抚摸着它，翻来倒去，详细地查看了又查看，只见发动机残骸内壁光洁无损，亮堂堂的，一点高温高压烧蚀冲刷过的疤痕都没有。

看到这里，张贵田他们兴奋极了。17时左右，他们又陆续找到了程配器、弹上放大器等组件残骸。漠风渐大，又一个大漠之夜来临了。

随后，他们带上那些"宝贝"，在维吾尔族向导引领下，找到一条清澈的小河，痛痛快快地洗漱了一回。接下来，他们架锅支灶做饭，又燃起熊熊篝火。

吃完大米和豆角罐头烩出的饭菜后，他们裹紧老羊皮袄，半躺半坐在沙窝里，在说笑声中睡着了。可睡了一会儿，寒冷的漠风就把他们给冻醒了，大家只好爬起来，围着沙丘跑跑跳跳，暖和了再睡。

就这样，他们睡睡跑跑、跑跑睡睡地度过了一个寒冷而又兴奋的夜晚。

张贵田他们回到发射基地后，脚跟未站稳，基地便通知他速回北京。也许是沙漠里找残骸太劳累的缘故，回到北京张贵田就病倒了。

病情最严重的那天，张贵田竟给烧晕了，倒在床上一天滴水未进。幸亏在食堂一起就餐的刘国球、任吉杰二位同志心细，见张贵田整天不去吃饭，心疑起来闯进了张贵田的宿舍。

他俩见张贵田双眼微闭，脸烧得红红的，嘴唇上起了大大的泡，大家都吓坏了，忙给他喂水，最后不得不把他扶到医院去。

经过医生检查后，得知张贵田得的是腮腺炎。第二天，张贵田的脖子就开始越来越肿大，接着下身也肿了起来。

原来，国防科委急召张贵田回北京的目的，是要他抓紧完成第一颗卫星现场发射的有关工作。于是，病刚刚好转，他便担负起工作的重担，奔向酒泉发射场，投入到繁重的工作中。

火车呼啸急驰，载着他的病体，跨过黄河，穿越八百里秦川。当火车行驶到天水与兰州之间的时候，张贵田的病体又渐渐不适起来。

半夜起来解手，刚进厕所，他便支持不住了。头一晕，眼一黑，又倒下了。

也不知过了多久，张贵田被门推醒了，原来，他晕倒在通往车厢的门口，把门给堵住了，一个列车检修工人从那里路过，才把他推醒了。要不是那个工人，他还不知能不能醒过来呢！

当时，张贵田只穿了一件毛衣，身上十分冰凉，那么冷的天气，他还出了一身冷汗。他后来想，还真要感谢那位工人师傅，否则他就会连病带冻，死在那里也没有人知道的。他觉得他还不能死，还有许多重要工作没有完成呢！

3月26日，发射我国第一颗人造地球卫星的运载火箭"长征－1"号经周恩来批准出厂。

周恩来告诫大家说：

千万不要认为工作已经做好了。一定要过细地做工作，要搞够薄预想，对各种可能的情况展开讨论。

于是，一到酒泉发射场，张贵田就和各路人马开始了紧张的发射前准备工作，他再也顾不上他的疾病了。张贵田以生命的信念支撑着伟大的科学事业、支撑着共和国的伟大事业。

三、 发射成功

● 6300 名铁道兵被告知如下保密条令："不得
告诉任何人去哪里；不得告诉任何人去干什
么；不准与家人通信谈及住址和工作内容。"

● 1970 年 4 月 25 日 18 时，中华人民共和国新
华社受权向全世界宣布："1970 年 4 月 24
日，中国成功地发射了第一颗人造卫星。卫
星总重 173 公斤。卫星发送成功后，向地面
播送《东方红》乐曲时，所用的频率是
20.009 兆赫兹。"

"长征-1"号发射前的准备

1970年3月26日，载着两颗"东方红-1"号卫星和一枚"长征-1"号运载火箭的专列，从北京出发，在高度保密的安全状态下，驶上戒备森严的铁道，向茫茫大西北深处的酒泉奔去。

之所以需要两颗卫星，是因为一颗卫星是用于正式发射的。而另一颗卫星是用于发射后的地面模拟检测，随时准备以实物对照着排除空中那一颗卫星可能出现的各种故障。

"东方红-1"号卫星总重量为173公斤，卫星的外形为直径1米的近似球形的72面体。设计的发射近地点为439公里，远地点为2384公里。

卫星绕地球一圈用时约为114分钟。预计发射成功后，由卫星向地面重复播送八小节的《东方红》乐曲。

卫星上的仪器舱装有电源、测轨用的雷达应答机、雷达信标机、遥测装置、电子乐音发生器和发射机、科学试验仪器等。

卫星的主要任务是向太空播放《东方红》乐曲，同时进行卫星技术试验，探测电离层和大气密度。

卫星预计运行28天后电池耗尽，《东方红》乐曲停止播放，卫星结束它的工作寿命。但是，由于卫星的轨道寿命没有结束，根据轨道计算，大约能在太空运行很多年。

专列在戒备森严的铁道上行驶，这是一条在我国任何版本的地图上都无法找到的军用铁路。它被保密的封条和戈壁的风沙封冻了 30 多年。

铁路从兰州的清水至酒泉发射场，全长 271 公里，有 15 个车站，铁路沿线的所有工作人员，全是军人或军工。可以说，在我国的航天史上，这是一条功勋卓著的铁道。

铁道始建于 1958 年，那是初夏的一个晚上，6300 名铁道兵被告知如下保密条令：

　　不得告诉任何人去哪里；不得告诉任何人去干什么；不准与家人通信谈及住址和工作内容。

随后，他们被一辆军列拉到了兰州一个叫"清水"的小站下了车。

与此同时，从兰州、北京、济南等铁路局抽调的数百名政治和技术都绝对可靠的铁路员工，也在一夜间突然"失踪"，秘密来到这里，开始了这条军用铁路的秘密施工。

在荒凉的戈壁滩上修筑铁路，艰难与困苦可想而知。当时的铁路沿线没有人烟，没有水源，甚至连一片绿叶也不见。

突然而起的黑旋风，能将帐篷连根拔起，为了保住自己的窝，铁道兵战士们只得10多个人趴在地上，一起用身子和双手死死拽住绳子。吃饭时，由于风沙太大加之又在露天，只得几个人围在一起，各自扯起衣角挡住袭来的风沙，让一部分人先迅速吃完后，再换另一部分人吃。

尤其是在冬天，他们一般都在气温零下三四十度的环境里工作。有的机车乘务员被冻得眼里的沙子能粘成一厘米长的串儿。尽管如此，一年之后，这条伸向发射场的铁道还是全线铺通。

铺通后的铁路从此沟通了发射场与外界的各种联系，铁路线成了基地将士们的生命线和希望线。12年来，大到塔架、导弹、火箭、卫星，小至砖头、瓦片、白菜、小葱，无一不是通过这条铁道运到基地的。

这一次，行进在这条希望线上的，可不是一辆普通的专列，它装载着我国数万名航天科技工作者12年的心血，向西部的巴丹吉林那片神秘的大漠挺进。

数小时后，火车发出一声长长的汽笛声。随后，载着两颗"东方红－1"号卫星和一枚"长征－1"号火箭的专列徐徐驶进了站台，经短暂的协调后，又接着向发射场方向驶去，最后停靠在了发射场七号技术阵地的厂坪上。

专列刚刚停稳，整个发射场顿时沸腾起来。基地官兵和所有参试人员无不惊喜若狂。看着巨大威武的"长征-1"号火箭和神秘精美的"东方红-1"号卫星就在眼前，有的人激动得热泪盈眶。

大家都喊起了口号，沉睡了多年的戈壁在欢呼声中醒来了。

早在1970年2月，即周恩来发布卫星运往发射场的命令之前，国防科委就向酒泉基地下达了发射"东方红-1"号人造卫星的《预备号令》，并确定由李福泽、栗在山统一指挥这次试验任务。

自这天起，李福泽，栗在山，整个酒泉基地，为迎接这次发射，都紧张而有序地忙碌开了。

随后，李福泽、栗在山确定了卫星发射的领导小组，并制定出了详细的发射方案和程序，同时下达了安全保密工作的指示和任务命令书。

当时，由于东风基地还是头一次组织卫星发射工作，部队对卫星和新型运载工具系统及特点的认识还不很熟悉，所以，面临的困难是相当大的。

在检查推进剂加注设备过程中，发射团加注中队发现加注设备的一个过滤器有沉积物堵塞现象。

为确保推进剂加注顺利，指挥部决定立即清洗过滤器、燃料贮罐和加注管道。

当时，离预定完成的准备时间只剩7天了，清洗工作不仅范围大，而且还有一定的危险性，由于管道里存留着大量硝酸，拆卸过滤器时，这些硝酸会直喷出来，使整个泵间和库房黄烟滚滚，毒气弥漫。

擦洗硝酸贮罐的工作更具危险性，加注中队的官兵虽然穿上防护衣，戴上防毒面具，在充满硝酸蒸气和四氧化二氮的贮罐内仍感到呼吸十分困难。

他们只好限制每人每次在罐内工作不超过 30 分钟，轮换进罐。

经过七天八夜的连续苦战，终于清洗完了所有设备。

当他们得知卫星和火箭将于 4 月 1 日到达基地的消息时，兴奋之情无法言说。

4 月 1 日这一天，基地司令员李福泽起得特别早，他草草地抹了一把脸，和勤务兵驱车直奔基地发射场车站，即东风车站。只见许多人早早地就到了那里，耐心地等候专列到来。

刚刚跨进 4 月的戈壁，天气依然很冷，北风呼呼地刮着。茫茫戈壁滩上，满地皆是厚厚的积雪。起伏连绵的祁连山抬眼望去，依然尽是一片银白的景色。

发射场是火箭、卫星进入茫茫宇宙前在陆上的最后一个停泊地。

因此，为保证"东方红－1"号卫星的如期发射，基地于 1965 年起，开始重新建造可以发射多级火箭和人造地球卫星的发射场。

耸立在发射场的一号发射塔高 55 米，是一座可移动式的龙门吊塔，它的总重量 1.4 万吨，可以在连接两个工位的重型钢轨上缓慢移动。

位于一号发射塔不远处的二号发射塔高 37 米，是一座固定发射塔，是用来安装、固定各种气体管道、液管道和各种电缆的，人们通常称它为脐带塔。

此外，发射场上还建有一个地下控制室，位于 10 米多深的地下。

这是一座半球形钢筋混凝土结构的建筑。我们知道，这种拱顶结构承受外界压力的能力最大，因此，即使火箭在起飞前或者起飞后万一发生爆炸，仍能保证操控设备和操控人员的安全。

就在发射基地的人员在东风车站迎接专列到来的同时，远在北京的周恩来也为这次发射的事情忙开了。

4 月 2 日 19 时许，即火箭、卫星到达发射场的第二天，从酒泉发射基地赶到北京的钱学森、李福泽、任新民等专家在工作人员的陪同下，走进人民大会堂福建厅。

大家落座后，不一会儿，周恩来便走进了大厅，他和专家们一一握手后，示意大家坐下，然后随和地说：

"今天我请大家来，主要是想听听第一线的情况。"

钱学森首先向周恩来汇报了火箭和卫星的总体情况。

周恩来很认真地听完钱学森的汇报后，接着询问了当年苏联、美国发射第一颗卫星的有关问题。

他说：

我们这次发射，一定要吸取苏联、美国的教训，总结经验，力争一次成功！

接着，专家虞利章向周恩来汇报了"长征－1"号火箭的有关情况。当时，虞利章还很年轻，和周恩来见面的机会少，所以汇报时显得很拘束。

尤其是当虞利章看见周恩来用笔在记事本上一字一句地记录他的汇报时，他的心里便愈发紧张了。

周恩来觉察后说："别着急，慢慢说，慢慢说。"

但当虞利章汇报到弹道参数时，周恩来示意他暂停一下，然后自己很快在笔记本上对几个数据作了计算。接着，周恩来问虞利章说："这计算结果怎么与设计指标差了几毫秒啊？"

虞利章听到后，大吃一惊，连忙回答说："总理，对不起，是我没说清楚，我把小数点后的数字给四舍五入了。"

周恩来轻轻"哦"了一声，笑了笑说："好，继续讲吧。"

虞利章汇报完后，紧接着李福泽汇报了发射场的准备情况。最后，周恩来十分关切地问了一个问题，他说："这次火箭的第一级落点在什么位置？"

我国每次发射导弹或火箭时，周恩来对火箭的落点问题都极为关注。

他担心火箭溅落时，若处理不好，会给国内人民的生命财产造成损失，或者会给他国造成人员的伤亡或财产损失，因此，这次又特别提了出来。

听到这里，钱学森马上向他说明了这一问题，并且强调说："我们的工作人员在卫星和火箭设计之初，就同时考虑了卫星和火箭万一发射失败的各种保障措施，请总理放心。"

周恩来这才放心地点了点头，然后又问道：

"我们的卫星，这次预计都要飞经哪些国家的城市上空呢？"

钱学森回答说：

"也门、乌干达、赞比亚、坦桑尼亚、毛里塔尼亚等几个国家。"

随后，周恩来让工作人员在地毯上铺开世界地图。并让钱学森将刚才所说的国家和城市作了介绍。

他随着钱学森手指的方向，弓身趴在地图上，对这些非洲国家一一过目，并在记事本上记下这些城市的名字，最后他说：

你们要对卫星飞经各国首都的时间进行预报，这件工作一定要做好，做仔细，做准确。

因为，到时候能让外国友人都准时看到我国第一颗人造卫星的讯息，或者都能听到《东方红》乐曲。

这对第三世界国家的人民一定是个极大的鼓舞。

发射成功

他还嘱咐专家们说：

> 各项工作，一定要做到严肃认真、周到细致、稳妥可靠、万无一失。
>
> 同时，要认真做好安全工作。卫星入轨后，要及时预报。

这次汇报，直到 3 日 1 时左右才结束。随后，周恩来派专机送专家们回到发射基地。

专家们从北京回到发射场的当天，即 1970 年 4 月 3 日，"长征 - 1"号运载火箭和"东方红 - 1"号卫星的测试检查工作便正式开始了。

在此之前，当基地接到国防科委关于发射"东方红 - 1"号卫星的正式任务后，很快便成立了以江萍为组长的负责发射现场统一组织指挥的发射试验领导小组，组织制定了发射方案、试验程序，下达了安全保密工作指示和任务的立功办法，并正式发布了发射任务命令书。

国防科委还要求基地及上海、北京等所有参试单位和个人必须全力以赴，紧密协同，切实对每一项工作做到"稳妥可靠，万无一失"。

同时全基地上上下下很快开展起了思想、技术、装备器材和发射场地等方方面面的准备工作。

直接负责运载火箭、卫星发射前测试和实施发射的，是基地第一试验部综合试验部和发射团。

这支队伍曾多次出色地执行过各种型号的导弹测试和发射任务，是一支思想纯洁、作风过硬、业务熟练、技术精通、实践经验丰富的试验队伍。

担负运载火箭主动段光学测量任务的第一试验部一站6个光测点和三部的3个光测点。

为了保证设备性能可靠，站技术股深入各个点号，对每一个元件、每一个焊点都逐一地进行检查。

查出了问题56起，更换元件62只，从而确保了设备的万无一失。

担负卫星跟踪测量和测控任务的，是第六测量部所属的海南、南宁、昆明、湘西、胶东、喀什6个站和发射场区中心站。

为了落实周恩来的"安全可靠，万无一失，准确入轨，及时预报"的指示，各测量站对每台测控设备都做了认真的检查测试。

南宁站一位叫谢振华的技术员，对数传机6000多个焊点，挨个地检查了7遍，将所有故障和隐患全部排除。

统一勤务站的时统信号发生器的晶体振荡器突然发生故障后，有关技术人员很快成立了攻关组，经过连续七天七夜的奋战，也终于排除了故障。

从4月3日起，按预定的工作程序，基地发射小组对火箭和卫星先后进行了单元测试、分系统测试、系统匹配等工作，最后认为两颗"东方红－1"号卫星符合设计要求，可以按时发射。

发射成功

4 月 8 日，基地发射小组又对"长征 - 1"号运载火箭进行了一次总检查。

9 日，火箭与卫星进行了对接。

10 日，火箭第二次、第三次总检查结束。

至此，火箭和卫星在技术阵地的水平检测工作全部顺利完成。下一步即将进行的是：选择适当的时机，将火箭和卫星安全转入发射阵地。

周恩来关心发射安全

就在这时，在发射场的各路航天专家们又接到北京的通知：

> 周恩来总理和中央专委会要再次听取有关火箭、卫星的情况汇报。

于是，各系统的专家们又连夜忙着准备汇报材料，包括各种数字、图表、资料和曲线数据等等。

因为大家都知道，这次汇报至关重要，只有充分做好准备，才能保证这次发射如期进行。

4月14日，钱学森、李福泽、杨国宇、任新民、杨南生、戚发轫、徐肇孚等专家再次从发射场乘专机飞往北京，前去向周恩来和中央专委作发射前的汇报。

由于这次汇报非同小可，所以专机一起飞，大家心里难免都有几分焦虑、几分紧张。

18时30分，专家们在工作人员的陪同下，来到人民大会堂福建厅。

同时前来参加汇报的，还有国防科委和七机部的有关领导。听取这次汇报的还有李先念、余秋里、李德生等中央领导。

19时整，周恩来匆匆走入大厅，工作人员连忙接过他手中的大衣。周恩来便热情地向大家招手说："从发射场赶来的同志，请到前面就座！"说完，便认认真真地将专家们一个个请到了前排的位置上，然后自己才坐了下来。

周恩来刚一落座，便拿起一份来自发射场的人员名单查看了起来。这些名字中，有他熟悉的，有的他还未见过面，于是他便一边叫着名字，一边与本人对上号。

这时，工作人员将图表、曲线数据以及一些表格铺在周恩来面前的地毯上。周恩来也拿出铅笔和一个小蓝皮本，准备做记录。

接着，钱学森汇报了火箭、卫星的概要情况；李福泽汇报了发射场各系统的准备情况；任新民汇报了火箭第一级、第二级的测试情况；杨南生汇报了火箭第三级的测试情况。

在戚发轫汇报"东方红－1"号卫星情况时，周恩来对卫星能不能准确入轨，入轨后能不能播放《东方红》乐曲问得非常仔细，还问了轨道参数、卫星重量、测量了哪些空间物理参数等问题。

戚发轫都一一作了回答，周恩来边听边在笔记本上做记录。

当有专家汇报到在火箭内发现有松香、钳子等多余物时，周恩来很严肃地批评说："这些东西是不应该有的！这好比医生给病人动手术，伤口内不能留下脏物一样！你们的产品可以搬来搬去，总比开刀容易，是可以搞干净的，无非是晚两天出厂嘛！不应该把松香、钳子丢在里头。这个不能原谅！"

由于汇报者都是技术专家，表述问题时使用技术术语自然就多，而听取汇报的人，除周恩来对一些技术情况比较熟悉外，其他中央领导同志在技术上都是门外汉，因此对一些技术术语表示听不懂。因此，汇报不时被李先念他们的问题中断。

看到这种情况，周恩来便指着钱学森对大家说："我看还是请我们的这位'洋博士'给大家当当翻译吧！"

于是，汇报中遇到有李先念他们听不懂的术语或者问题时，钱学森便站起来给"翻译"一番，等领导们弄明白后，汇报再接着往下进行。

在汇报到火箭、卫星的安全问题时，周恩来、李先念、余秋里、李德生等几位领导，对此极为重视。他们围在一起仔细查看了火箭的飞行航线在地球上的投射图，问道："如果万一发生事故，火箭可能掉在什么地方、什么位置呢？"

负责运载火箭的任新民总设计师对安全问题还专门作了解释，他说：

"火箭在飞行中如果发生故障，可采取两种手段进行自毁：一是箭上的自毁系统。一旦火箭中枢系统辨认出程序和姿态的故障后，立即便可接通箭上爆炸器的电源，使火箭自毁。二是用外测系统从地面发出自毁指令，接通爆炸器电源，从而使火箭自毁。"

任新民同时还强调说，设计时对火箭的自毁系统要求是很高的，该炸时必须炸，不该炸时绝对不许炸。在此之前，地面已专门做过自毁试验，并测检过爆破效果。

周恩来听到这里时，见有些专家对火箭的安全问题有些紧张，便说："没关系，搞科学试验嘛，成功和失败的可能性都存在。你们只要尽量把工作做好就行。万一失败了也没有什么，继续努力就是了。"

最后，周恩来说："今晚的汇报很好，看同志们还有什么问题需要我们帮助解决的?"

钱学森说："关于那个过载开关的问题，不久前已报告了中央，但还未得到正式答复。现在很快就要发射了，这个开关是取消还是保留? 这直接关系到卫星播放《东方红》乐曲的问题，请总理决定。"

事情的原委是这样的：由于"东方-1"号卫星上天后，需要在太空播放《东方红》乐曲，因此各系统在技术上必须要做到稳妥可靠，才可能确保做到这一要求。

而要做到这一点，对"长征-1"号运载火箭来说，技术上很重要的一条就是：火箭起飞后，必须达到第一宇宙速度。

即只有达到了第一宇宙速度，才能将"东方红-1"号卫星送入预定轨道，才有可能让卫星在太空播放《东方红》乐曲。

如果火箭上天后，万一没有达到第一宇宙速度，卫星就无法送入预定轨道，即发射失败。或者，万一卫星和火箭失败坠落，这两种情况下，都是不允许播放《东方红》乐曲的。

显然，这是一重大的敏感问题，任何人都不能掉以轻心。为了防止这个"万一"，不少专家出了许多主意，想了不少办法，但最后都觉不妥。

后来情况汇报到钱学森那里时，钱学森终于想了一个点子：即在"长征－1"号火箭的第三级上加一个"过载开关"。

所谓"过载开关"，就是用于关闭系统的一个能开能关的、起保险作用的小开关。

也就是说，"长征－1"号火箭起飞后，如果能正常飞行，可达到第一宇宙速度，那么这个"过载开关"与卫星上《东方红》乐曲的播放线路是接通的，火箭将卫星送入轨道后，卫星按计划播放《东方红》。

但是，如果火箭起飞后出现故障，即不能达到第一宇宙速度，或出现卫星、火箭失败坠落的事故，那么这个"过载开关"便处于关闭状态，卫星上的播放系统也就不会播放《东方红》乐曲了。

于是，火箭、卫星在离开北京去酒泉发射基地之前，这个"过载开关"便给加上了。

可是，火箭卫星到了发射场后，在刚一开始的测试中，有人对"过载开关"又提出了质疑。

他们说：要是起飞后的火箭不出问题，而是上天后的"过载开关"自身发生故障，那怎么办呢？

也就是说，装在火箭上的"过载开关"虽然在地面上做过试验，但毕竟还未经过空间的检验，万一上天后的"过载开关"出现故障，比如，该关时没关，或不该关闭时反而关闭了，那导致的后果就是：卫星不应该唱《东方红》时，唱了；应该唱《东方红》时，反而哑巴了。

对于这个问题，谁也不敢贸然拿主意。因此，基地领导就汇报给了钱学森，让他来定夺。

接到这个问题后，钱学森也同样深感棘手。最后，关于这个小小的开关问题，便上报到了国防科委的领导那里。

随后，国防科委在一次党委会议上研究了这个问题，大家一致认为：开关虽小，却事关重大，必须慎重考虑才对。

为稳妥可靠起见，国防科委决定将这一问题报送中央审批。但中央对这件事一直没有明确答复，因此，临汇报会结束前，钱学森把这个问题向周恩来提了出来。

周恩来听后微微一愣，没有立即说话，两道浓眉一下紧蹙起来。随后，周恩来问钱学森说："你们认为火箭、卫星到底可不可靠呢？"

任新民和杨南生同时回答说："从几次检查情况来看，火箭和卫星的质量是可靠的。"

于是，周恩来说："既然你们认为可靠，那我个人认为这个开关可以不要。不过，我得先向中央报告之后，再正式通知你们。"

戚发轫焦急地说："总理，不行呀，时间恐怕来不及了！"周恩来说："为什么呢？"

原来，当时卫星与火箭的第三级正处于水平对接状态，卫星内的蓄电池在这次来京之前便已经充上了电解液。

这种电池过去只做过存放 4 昼夜的试验，如果超过 4 昼夜，蓄电池就有可能出现漏液的情况。如果那样，后果就不堪设想。

专家们原以为火箭、卫星转场时间和正式发射时间在这次汇报后周恩来就能确定卜来，没想到还要由中央政治局来决定，而要由政治局决定，时间也自然就拉长了。

因此，戚发轫只好如实回答说："总理，卫星上的蓄电池只能持续 4 昼夜的时间。"

周恩来说："为什么不可以再存放长一点呢？"

戚发轫说："我们原来没向搞电池的人提出存放更长时间的要求，所以他们只做过 4 昼夜的试验。"

于是，周恩来说："你们搞卫星总体的人，应该像赤脚医生一样，像货郎担子一样，多走出设计大楼，到下边各系统研制单位去走走，把你们的设计思想、设计要求老老实实地告诉人家，让人家知道应该怎么做。"

随后，周恩来表示一定在最短时间内，将是否取消

"过载开关"的决定通知发射基地。

就这样，这次汇报一直持续了近 5 个小时，直到将近 24 时才结束。

本来，按原计划，来参加汇报的专家们是要连夜赶回发射场，但这时周恩来见时间已经很晚了，便不同意原计划了。

他说："你们今晚很累了，先留下来好好休息一下，如果现在回去，到达时间是夜里，飞机降落不安全。你们明天早上起飞，降落时间是白天，这样很安全。"

国防科委的领导也同意了周恩来的这个建议。

最后，周恩来又郑重其事地对国防科委的领导和几位专家说："今晚的汇报很好，大家很辛苦！不过，你们回去后，还得抓紧时间把今晚汇报的有关火箭、卫星的情况，写一份正式的书面报告给我，我好尽快提交中央政治局会议研究决定。"

4 月 16 日 20 时 22 分，周恩来正式通知：

经中央研究决定：可以去掉过载开关。

4 月 17 日深夜，基地司令员李福泽接到周恩来打来的电话：

中央批准卫星和运载火箭转往发射阵地。

卫星和运载火箭进入发射阵地后要做好最后的

测试检查，详细情况每天向我报告。

4月23日，发射阵地的测试检查工作全部结束后，基地卫星发射指挥部决定：

把发射时间定在4月24日21时。

之后，李福泽、栗在山和钱学森分别拿起笔，郑重地在发射任务书上签了字。随后，李福泽他们把这个决定电告给了远在北京的国防科委。

晚饭后不久，国防科委电告基地：

"东方红－1"号卫星的发射，中央军委已经批准，火箭可以准备加注，程序可以往下进行。

这是"东方红－1"号人造卫星发射前的最后一个夜晚。

钱学森、李福泽他们都住在火箭卫星专列的车厢里。一个车皮睡5个人，一半当作铺位，另一半当作办公室。

23时已经过了，钱学森面前的马灯依然亮着，他一点儿睡意都没有。

发射卫星是一项庞大的系统工程，任何一点细微的故障或隐患，都有可能导致失败甚至酿成大祸。作为坐

镇现场的技术总指挥，钱学森对此当然比任何人都更清楚。

眼下，他最担心的是：24日21时的气象条件，是不是适合火箭发射。尽管在此之前，基地和北京的气象部门已经对这个时段作了较为准确的预测，可是，俗话说：天有不测风云哪。

另外，钱学森、李福泽他们最担心的是卫星能否准确入轨，入轨后能否及时准确地预报卫星的运行轨道，并且不能让外国先于中国作出预报，这对测控系统是一次重大的考验。

当时，测控系统方面最突出的问题是通信线路。受经济条件、科技条件的限制，从发射场区到各观测台站的指挥通信和数据传输没有光缆，主要靠竖着的木杆上拉着的几根铁丝来完成。

为了防止出现人为的破坏和自然中断等现象，中央专委指示人民解放军总参谋部负起全责。

总参接到指示，立即下达命令：有线路经过的省、市、自治区，每一根电线杆下安排一名民兵持枪护线，确保线路的安全畅通。

命令一下达，60万民兵在祖国数百万平方公里的大地上，沿线排开，手持钢枪，日夜护线。

想到这里，钱学森的目光扫过空旷的大漠，最后落在了窗外不远处的发射塔上。

周围的聚光灯把场坪照得如同白昼一般，发射官兵们的身影还在塔架上晃来晃去，电机的蜂鸣声也不时随风传来，整个发射场依然还在紧张地忙碌之中，最后一次综合检查正在进行。

所谓综合检查，就是对火箭、卫星、发射、测控等系统的总体的检测。

检查从晚上 19 时开始，转眼几个小时过去了。火箭卫星综合检查终于在 24 日 6 时结束。

尽管工作人员都累得筋疲力尽，但结果还算幸运：各系统各设备的故障和隐患均已排除，全部处于可发射状态。只待北京方面正式批准当晚发射，一切发射程序即可启动。

"长征－1"号完成使命

4月24日5时40分，"长征－1"号运载火箭一级、二级推进剂开始加注。

12时，燃料便基本加注完毕，只剩下第4个贮存箱最后一点燃料没有贮满，于是大多数人开始撤离加注现场。

但就在这时，加注现场突然随风飘来一股刺鼻的鱼腥味。"漏液了！"忽然有人一声惊呼。只见守在加注连接器旁边的几个战士，一下扑上去，紧紧捂住喷漏的地方。

他们虽然都戴有防毒面具，但由于这种防毒面具性能较差，无法真正做到防毒，所以浓度极高的有毒气体，仍呛得他们不得不把头偏到一边。

即使这样，他们谁也不敢撒手，直到新的加注连接器更换完毕，他们才气喘吁吁地歪倒一旁。

13时，氧化剂和燃料分别全部加注完毕。紧接着，卫星、火箭进入发射前8小时准备工作程序。

与此同时，坐镇北京指挥所的罗舜初，正坐在电话机旁，等待中南海周恩来的指示。

按事先的约定，罗舜初与周恩来保持直接的单线联系，即是说，中央方面一旦有"同意发射"的指示，周恩来将亲自传达于他。

而有关发射基地方面的信息、动态，也直接由他向周恩来请示报告。

15 时 30 分，罗舜初给发射基地的钱学森、李福泽转达了的周恩来的电话说：

> 总理已于 23 日向毛主席作了报告，主席批准你们的发射。望你们一丝不苟，为祖国争光！

喜讯传来，平平静静的发射场顿时沸腾起来了！负责按动发射按钮的胡世祥，却坐在操控台前一动不动。

负责"0"时发射口令的发射团副团长、发射指挥员杨桓的表情凝重。

20 时整，基地第一试验部副团长、发射阵地 0 号指挥杨桓下达了"一小时准备"命令。

就在这时候，意外出现了，事情发生在地下控制室。本来"一小时准备"的发射程序正在一分一秒地往下走着，一切显示都很正常。

但是，就在这时，负责卫星应答机的工作人员却突然报告："应答机信号丢失！"

大家都知道，应答机是卫星的一个重要部件，若出现问题，卫星上天后将影响跟踪测量的精度和轨道预报的准确性。而且，更要命的是，当时离发射时间只有 35 分钟了！

这个消息刚一传出，地下室一阵慌乱。司令员李福泽当即严厉地问道："怎么回事?!"

回答说："是应答机丢失了信号!"

李福泽又问："故障排除需要多少时间?!"工作人员沈震金回答："恐怕得半小时吧!"

面对这种情况，基地发射指挥部只好临时决定：推迟发射! 本来就紧张的发射场，陷入了更加紧张的气氛中。

于是，这个突发情况很快通过北京的罗舜初向周恩来作了报告。

周总理接到电话后，简单询问了一下情况，同意推迟发射，并强调："必须把应答机的问题解决好。"

而这时的钱学森，却在离发射塔100余米远的哨位旁来回踱步。不少人后来都回忆说：

> 那天是第一次看见钱学森在发射场踱步，谁都明白他正为故障的问题着急，但是问题不解决，谁也帮他分不了忧。
>
> 所以，谁也不忍心去再给他添堵，只是站在远处默默地望着他来回踱步。

20时50分左右，故障的排查有了结果：故障的原因不在卫星上，而是地面设备的一个接头松动了。

得知这一结果，钱学森才停止踱步，长长地出了一口气。

21 时 5 分，指挥员下达了"30 分钟准备"的命令。接着，高音喇叭里响起了"全体人员撤离现场"的命令！

随着人员的全部撤走，整个发射场陡然间便变得清冷、沉重起来，唯有发射架下悬挂着的那块写有"安全可靠，万无一失，准确入轨，及时预报"16 个大字的巨幅标语，在辉煌的灯光映照下，显得耀眼而夺目。

1970 年 4 月 24 日 21 时 35 分，基地第一试验部部长吕诚华从杨桓手中接过发射指挥权，亲自指挥。按照发射程序，吕诚华沉着地下达"启动"的命令。

随即，地面各种测量记录设备迅速转动起来。接着，吕诚华命令道："开拍。"地面各种光学记录仪闻声开始工作。

当倒计时器上出现"0"这个最后的数码时，吕诚华果断命令：

点火！

发控台操纵员胡世祥准确有力地摁下了那个牵动亿万人心弦、牵动整个世界的红色按钮。

一级火箭的 4 个发动机顿时喷出橘红色的火焰，巨大的气流将发射架底部导流槽中的冰块冲出四五百米远。

霎时，大地震撼，21 时 35 分，载着"东方红－1"号卫星的"长征－1"号火箭在山崩海啸般的轰鸣声中，喷吐出橘红色的火舌，拔地而起，徐徐上升。

18秒后，火箭开始转弯，朝着东南方越飞越快，转瞬间，便消失在茫茫夜空之中。

随即，调度参谋段双泉果断、准确地发出一连串的口令，组织遍及全国各地的观测系统随即展开跟踪工作。

接着，湘西站报告："发现目标！"南宁站报告："发现目标！"昆明站报告："发现目标！"海南站报告："发现目标！"

15分钟后，各站几乎同时报告：

星箭分离！卫星进入近地点高度439公里、远地点高度2384公里、倾角68.5度的初始轨道。

与此同时，基地指挥所的高音喇叭里传出特大喜讯：

星箭分离！卫星入轨！

发射场上顿时沸腾起来，将军与士兵，专家与工人，干部与战士个个热泪盈眶，相互握手拥抱。欢呼声、祝贺声、口号声响成一片，钱学森、李福泽禁不住热泪盈眶，许多人当即哭出声来。

卫星绕地球运行一圈后，再次进入中国西部上空，基地喀什站当即捕获目标，并将轨道参数传到基地，经计算，基地向北京报出了卫星飞经中国及世界 244 个城市上空的时间和飞行方位。

4 月 24 日的夜晚，周恩来和毛泽东一直都守在各自的电话机旁，等候着发射场的消息。

22 时整，周恩来的电话响了。罗舜初向周恩来汇报说："总理，运载火箭一、二、三级工作正常，卫星与火箭分离正常，卫星入轨了！而且现在已经收到了卫星播放的《东方红》乐曲声！"

周恩来说："这么说，一切都正常？"罗舜初说："是的，发射成功了！"听到这里，周恩来激动地一下子站了起来，连声说："好！很好！我马上向毛主席报告。"

说完，周恩来立即抓起了直通毛泽东的电话："主席，卫星发射成功啦！我们的愿望实现了！"

听到卫星发射成功的消息后，一向沉稳的毛泽东一下子扔掉手中的烟头，高兴地说："好，太好了！总理，准备庆贺！准备庆贺！"

22 时 20 分，周恩来给发射基地打去电话说："卫星发射成功了，我向大家表示祝贺。请你们将《东方红》乐曲的录音带复制一部分，把卫星运载的轨道绘成图，把运行时间列成表。

"把这一切立即分送给中央各位领导同志。基地的有关领导和专家，明天请回北京来汇报。"

接着，湘西站、海南站很快将收录到的卫星上传出的《东方红》乐曲信号磁带，由等候在那里的专机送往北京，供中央人民广播电台向全世界广播。

卫星发射成功之后。坐镇北京国防科委指挥所的罗舜初立即起草了一份准备由新华社播发的新闻公报，连夜送往周恩来办公室。

周恩来仔细审阅后，把原稿中"坚持自力更生、艰苦奋斗的方针"改为"坚持独立自主、自力更生的方针"。虽然仅仅改动了几个字，但周恩来强调的重点，与原稿已经有了明显的不同。

审阅完新闻公报后，彻夜未眠的周恩来又连夜登上了飞往广州的专机，前去参加 25 日召开的，有越南北方和南方、老挝、柬埔寨领导人参加的"三国四方会议"。

在广州，周恩来一走进会场，便朗声说道："朋友们！为了庆祝这次会议的圆满成功，我给你们带来了中国人民的一个礼物，这就是：昨天中国成功地发射了第一颗人造地球卫星。中国人造卫星的上天，是中国人民的胜利，也是我们大家的胜利！"

话音刚落，会场上立刻爆发出一阵热烈的掌声。"三国四方"的领导人纷纷站起来，与周恩来握手拥抱，表示祝贺！

1970 年 4 月 25 日 18 时，中华人民共和国新华社受权向全世界宣布：

> 1970 年 4 月 24 日，中国成功地发射了第一颗人造卫星。

卫星运行轨道的近地点高度 439 公里，远地点高度 2384 公里，轨道平面与地球赤道平面夹角 68.5 度，绕地球一圈 114 分钟。

卫星总重 173 公斤。卫星发送成功后，向地面播送《东方红》乐曲时，所用的频率是 20.009 兆赫兹。

新闻公报刚一发表，北京顿时灯火通明，鞭炮声四起，首都人们高举彩旗，敲锣打鼓，纷纷走上街头，热烈庆贺我国第一颗人造卫星发射成功！

与此同时，这一喜讯通过广播、电台和报纸，也迅速传遍大江南北。

全国各地无论城市还是乡村，人们纷纷争着看关于"东方红－1"号卫星发射成功的号外，并自觉组成长长的队伍，上街游行庆贺！

自 25 日晚，新华社受权向世界发布了我国第一颗卫星发射成功的新闻公报后，一连几天里，各国通讯社驻华记者均以急电或特急电向本国传送了我国的这一特大新闻。

一时间，世界舆论也一片哗然，各国报纸纷纷发表评论指出：

中国第一颗人造卫星发展神速，远远超出西方专家的预料，这表明中国已经掌握了先进的火箭技术和制造出大型火箭的技能。

这体现了中国一直在依靠自己的力量为人类的幸福和进步而作的努力。

这表明中国的科学技术突飞猛进，已经达到了一个全新的高度，已当之无愧地成为空间俱乐部的一员。

随后，1971年3月3日，"长征－1"号运载火箭进行了第二次发射，成功地将"实践一号"科学试验卫星送入轨道。

此后，"长征－1"号运载火箭便退役了。

本书主要参考资料

《国史全鉴》本书编委会编 团结出版社

《共和国五十年珍贵档案》中央档案馆编 中国档案
　　出版社

《共和国要事珍闻》郑毅 李冬梅 李梦主编 吉林文
　　史出版社

《中国大决策纪实》黄也平主编 光明日报出版社

《谢光选》卜雨亭著 金城出版社

《天地颂》东生著 新华出版社

《天路迢迢》李鸣生著 中共中央党校出版社

《中国航天腾飞之路》王礼恒主编 中国文史出版社

《导弹防御与空间对抗》孙景文 李志民编著 原子能
　　出版社

《中国航天决策内幕》巩小华著 中国文史出版社